모든 것들의 세계

트리플

# 모든 것들의 세계

15

TRIPLE

**이유리 소설**

# 차례

모든 것들의 세계

오랜만에 마음에 드는 날씨였다. 며칠째 내리다
말다 하던 눈이 그치자 하늘은 새파랗게 빛났고 바람은
차갑지만 둥글둥글 부드러웠다. 나는 좋아하는 카페 앞
을 서성거리며 문이 열리기를 기다렸다가 1등으로 들
어가 사장이 오늘의 첫 에스프레소를 내리고 빵 구울
준비를 하는 모습을 구경했고 오븐 안에서 부푸는 스콘
과 머핀을 뿌듯하게 바라보다 아침나절을 그만 홀딱 보
냈다. 그러다 슬슬 손님이 드는 오후가 되자 붐비는 것
이 싫어 살짝 빠져나오니 마침 바깥 날씨는 천변을 산
책하며 햇볕을 쬐기에 그만이었다. 나는 빵 냄새가 폭

밴 몸을 사부작 틀어 개천 방향으로 나부끼며 음, 좋은 날씨, 하고 말했고 몸을 크게 크게 부풀리며 이 날씨와 온도를 즐길 준비를 마친 참이었는데 그때 누군가 날 불렀다.

"고양미 씨."

돌아서니 남자 둘이 나를 바라보고 있었다. 둘 다 모르는 얼굴이었으나 한 명은 낯익은 차림을 하고 있었으므로 누군지 대강은 알 것 같았다. 검은 도포에 챙 넓은 갓을 쓰고 옆구리에는 커다란 두루마리를 긴 저 모습을 나는 오래전에 본 적이 있었으니까.

"공무원이시죠?"

도포를 입은 남자는 말없이 고개를 끄덕였다. 그때나 지금이나 그는 매우 피곤해 보였다. 물론 먹지도 자지도 않아도 되는 몸이니 실제로 피곤함을 느낄 리는 없겠지만, 저승차사들이 혹독한 업무에 시달리고 있다는 얘기는 주워들은 적이 있었다. 저러다 과로사하는 거 아닐까, 나는 생각하다 피식 웃고 말았다. 그러거나 말거나, 차사는 건조한 눈으로 나를 바라보다 두루마리를 풀어 아래로 늘어뜨리곤 살피기 시작했다.

"88년 5월 4일 술시생, 고형철과 김순미 씨 댁

첫째 따님 고양미 씨 맞으시죠?"

"네, 네, 맞아요."

차사는 두루마리에 나와 있는 사진과 내 얼굴을 대조하려는 듯 양쪽을 번갈아 몇 번 힐끔거렸다. 그러고는 두루마리를 양손으로 받쳐 든 채 대뜸 물었다.

"혹시 알고 계셨어요? 고양미 씨 부모님께서 어제 자로 저승 명부에 혼인신고를 올리셨는데요."

"네? 뭘 했다고요?"

놀라 기절할 뻔했지만 물론 기절할 수 없는 몸뚱이라 그저 눈을 동그랗게 뜨고 되묻는 수밖에 없었다. 차사가 작은 한숨을 내쉬며 두루마리를 톡톡 쳤다.

"평소에 부모님 댁도 좀 찾아뵙고 그러세요. 혼인 맞추느라 수소문하고 고생깨나 하셨을 것 같은데. 이것 좀 보세요, 두 분 서로 나이며 사주, 궁합까지 딱딱 맞는 거. 요즘 세상에 영혼 결혼식 하는 분들이 흔치도 않은데, 얼마나 고생하셨겠어요."

"영혼 결혼식이요? 제가요?"

"네. 고양미 씨는 어제부로 여기 천주안 씨랑 부부가 되셨고요, 양쪽 다 소멸되기 전까지 혼인 관계가 유효합니다."

경악한 내 얼굴을 바라보며 차사가 덧붙였다.

"뭐, 굳이 원하시면 이혼 절차를 밟으실 수는 있는데요, 되게 귀찮고 오래 걸려서. 아마 그 전에 한쪽이 소멸하실 가능성이 더 크시니까 굳이 권해드리진 않습니다."

"그럼…… 뭐 어떻게 되는 건데요? 뭘 해야 돼요? 결혼식?"

차사가 코웃음을 쳤다.

"결혼식 하면 부를 넋은 있으세요?"

나는 입만 뻐끔거렸다. 이승에서도 없던 친구가 저승에서라고 있을 리가 없었으니까. 차사는 그럴 줄 알았다는 표정을 지어 보였다.

"결혼식은 이미 이승에서 양가 부모님이 다 해주셨어요. 두 분은 이제 부부인데, 그냥 저승 명부상 절차가 그렇다는 겁니다. 꼭 같이 다니거나 뭘 같이해야 하는 건 아니고요. 서로 안 맞는다 싶으면 안 보고 지내도 상관없어요."

말을 마친 차사는 두루마기 주머니에서 납작한 검은 통을 꺼내 뚜껑을 돌려 열었다. 그대로 내게 내밀며 지장, 하고 엄숙하게 말하기에 엉겁결에 오른손을

내밀어 그 안에 든 새빨간 인주에 엄지손가락을 눌렀고
차사가 가리키는 두루마리 가장 아래쪽 내 이름이 쓰여
있는 그 옆에다 지장을 찍었다. 반대편에 쓰인 '천주안'
이라는 이름 옆에는 이미 지장이 찍혀 있었다.

"자, 그럼 저는 다 설명드렸습니다."

차사가 두루마리를 다시 말아 끈을 묶고는 옆구
리에 꼭 끼었다.

"여기 천주안 씨는 저승 오신 지 얼마 안 되어서
모르는 것도 많고 그러실 거예요. 고양미 씨가 좀 잘 알
려주시고. 그럼 전 갑니다."

차사가 획 몸을 돌려 사라졌다. 나는 방금까지
차사가 서 있었던, 이제는 검은 안개만 조금 남아 있는
자리를 멍하니 바라봤다. 이승 떠난 지 보자, 벌써 3년이
나 됐는데 이제 와서 영혼 결혼식이라니. 하긴 생전에
도 지겹도록 결혼 타령을 해댔던 분들이다. 취직 안 할
거면 결혼이라도 하라고 그토록 들볶아대더니 마침내
소원을 푸셨군, 손주 얼굴을 못 보여드려서 어쩌나. 나
는 마지막으로 본 엄마 아빠의 얼굴을 씁쓸하게 떠올렸
다. 죽기 전까지 살았던 곳이 이곳 서울 신림동으로 익
숙하고 길이며 가게들을 속속들이 알아서 여기에 주로

머물고 있지만, 원래 고향은 경남 함양으로 부모님은 아직도 거기서 양파 농사를 짓고 있었다. 죽은 지 얼마 되지 않았을 때는 고속버스에 무임승차해서 몇 번 찾아가기도 했으나 아무래도 귀찮은 노릇이었고 찾아가보아야 하루 종일 서로 무뚝뚝하니 밭일이나 하는 모습만 구경하다 돌아오기 일쑤였으므로 드문드문 가다 안 가게 된 지도 오래됐는데, 이런 일을 꾸미고 있었다니.

"저어……."

마찬가지로 차사가 사라진 자리만 멀뚱히 보며 서 있던 남자가 처음으로 입을 열었다. 예의 바르고 조심스러운 목소리였다.

"아무래도 저희 부모님이…… 얼토당토않은 일을 벌이신 모양인데요. 저희 부모님이 워낙에 막무가내인 분들이라, 제가 결혼 못 하고 죽은 게 마음에 걸리셨나 봐요. 당황스러우실 텐데 죄송합니다."

남자가 고개를 꾸벅 숙였다.

"어, 뭐 그게…… 저희 부모님도 크게 다르진 않거든요. 아마 모르긴 몰라도 저희 부모님이 더 신나서 추진했을걸요. 아니, 우리 부모님이 먼저 하자고 했을 거예요. 100퍼센트 확신."

그러자 남자는 어색한 미소를 지었다. 그제야 남자의 얼굴을 찬찬히 훑어볼 생각이 들었다. 죽은 지 얼마 안 되었다더니, 과연 새것처럼 깨끗한 수의에 섬세한 이목구비며 뽀얀 손발이 한눈에 보아도 곱게 자란 도련님이구나 싶었다. 비록 생전의 내 취향은 마동석 같은 근육질의 우락부락한 마초남 쪽이긴 했지만 뭐 이쪽도 그런대로 나쁘지 않아 보였다. 당연히 얼굴 보고 고른 건 아니겠으나 엄마 아빠가 웬일로 이런 기특한 일을 다 했을까. 저절로 흐뭇해져 입꼬리가 올라가는데 남자와 눈이 마주쳤고 윽, 추접스러운 생각 중인 걸 들켰다 싶은 순간 남자가 말했다.

"아, 죄송한데, 전 여자 안 좋아해요."

"네? 혹시 게이세요?"

무심코 되묻고 나서야 망했다, 이거야말로 실례다 생각했지만 뱉은 말을 주워 담을 길은 없었다. 그러나 남자는 별로 개의치 않는다는 듯 시원스레 대답했다.

"네."

잠깐 어색한 침묵이 흘렀다. 나는 입을 약간 벌린 채 남자의 어깻죽지만 바라보았다. 반투명한 그 너머로 차들과 구름 그리고 저마다 무감한 표정을 짓고 있는 산 사람들이 일렁거리며 지나가는 모습을 지켜보며, 뭐라고 대꾸해야 센스 있고 위트 있지만 예의에는 어긋나지 않으면서 내게는 그것이 아무런 충격이 아니라는 것을 자연스럽게 드러낼 수 있을까 고민했으나 그런 기똥찬 게 내 머릿속에 있던 적은 생전이나 지금이나 없었다. 나는 결국 이렇게 말했다.

"그러셨구나."

그러자 천주안은 조금 웃어 보였다. 다 안다는 듯한 얼굴이었다.


산 사람들이었다면 이럴 때 뭘 했을까. 벌건 대낮이니 술을 마시긴 좀 그렇고 조용한 카페라도 들어가 앉아서 우리가 처한 황당한 상황에 대해 머리를 맞대고 토론이라도 했을 텐데. 물론 지금도 카페에 갈 수야 있었다. 그러나 귀신의 몸이란 산 사람이 어쩌다 그 위에 겹쳐지기라도 하면 꼭 이전 사람이 오래 앉아 있다 나온 공중화장실 변기 커버의 뜨끈함을 맨 궁둥이로 느끼는 것 같은 불쾌한 온기가 온몸에 퍼져 하루 종일 찝찝한 기분에 몸서리쳐야 하는 터라 사람이 붐비는 곳은 아무래도 내키지 않았다. 이걸 어쩐다. 저승 생활 선배

로서 뭔가 귀신으로 머물기 좋은 기막힌 곳으로 안내해
야 할 것 같은 부담감에 이리저리 머리를 굴렸으나 갈
만한 곳이 그다지 떠오르지 않았다. 그렇다고 멀뚱히 길
한가운데 서 있을 수도 없어 끙끙대고 있자니 천주안이
넌지시 물었다.

"양미 씨는 평소에 뭘 하세요?"

"전 산책하고…… 심야 영화도 보러 가고."

"낮에는요?"

"아, 낮엔 매일 피시방에 가요."

"피시방이요? 왜요?"

"어…… 확인해볼 게 좀 있어서."

"그럼 오늘도 갔다 오셨어요?"

고개를 젓자 천주안이 냉큼 그럼 피시방엘 가자
고 했다. 아무리 여자한테 무심한 게이라지만 첫 만남
에 피시방이라니, 무드도 뭣도 없는 선택지이긴 했지만
어차피 시간이야 차고 넘치는 것이었으므로 나는 선선
히 앞섰다. 마침 내가 자주 가는 피시방이 이 근처에 있
었다. 낮이고 밤이고 사람이 없는 데다 왠지는 모르겠
으나 컴퓨터를 그냥 켜놓은 자리가 많아 몰래 쓰기 딱
좋은 곳이었으므로, 알려주면 천주안도 앞으로 유용하

게 써먹을지 몰랐다. 천주안은 잠자코 따라왔고 우리는 좁은 골목으로 접어들며 나란히 걷기 시작했다.

"근데 우리 컴퓨터는 할 수 있어요? 해도 돼요?"

"꺼져 있는 걸 켜거나 어디 글을 남기는 건 안 돼요. 검색 같은 정도나 아무도 없는 곳에서 잠깐씩 할 수 있고요. 뭐, 사실 안 들키기만 하면 되는데 들키면 좀 골치 아파져요."

내가 설명하자 옆에 따라오던 천주안이 고개를 갸웃했다.

"누구한테 들켜요? 들키면 어떻게 되는데요?"

"아까 그 차사 봤죠? 걔네들은 두루마기 입고 다녀서 딱 봐도 공무원 티가 나는데, 걔네 말고 암행차사라고 사복 입고 돌아다니는 애들이 있거든요. 걔네한테 걸리면 바로 구금 때려요. 골방 같은 데 끌려가서 멍하니 면벽수행 하는 거예요. 어휴, 잠도 못 자는 이 몸으로는 정말 고역이더라고요."

"그걸 당했어요? 몇 번이나?"

"어…… 한 열 번?"

무심코 사실을 말해놓고는 이거, 괜히 범죄자처럼 보이려나 싶어 황급히 덧붙였다.

"그래도 오래 구금되진 않았어요. 산 사람 앞에 직접적으로 나타나거나 악의를 갖고 생전의 복수를 한다거나 하려던 게 아니라서. 그냥 인터넷을 하려고 했던 것뿐이니까."

"인터넷으로 뭘 하셨길래요?"

별로 진지하게 물은 것은 아니겠지만 뭐라고 대답해야 하나, 그보다는 어디서부터 설명해야 할까. 나는 골목 옆으로 비켜서서 마주 오는 승용차를 피하며 잠깐 생각에 잠겼다. 이제 몇 블록만 더 지나면 피시방이었다. 직접 보여주며 설명하는 편이 나을까.

"주안 씨는 왜 죽었어요?"

내가 묻자 천주안의 표정이 갑자기 확 어두워졌다. 옆으로 비켜선 모습 그대로 멈춰서 슬픈 얼굴로 오래 고민했다. 그러더니 이윽고 땅바닥의 한 점을 바라보며 피식 웃었다.

"말하자면 자살인 셈이겠네요. 누가 죽인 건 아니니까."

"자살이면 자살이지, 말하자면은 뭐예요?"

"어휴, 이 나이 먹고 말하긴 좀 쪽팔린데. 부모님이랑 크게 싸웠거든요."

"음, 음."

"자꾸 그러면 나 진짜 죽을 거야! 외치면서 뒷걸음질로 창문께까지 갔는데 아빠가 그러잖아요, 니가 진짜 죽을 수 있을 것 같냐고. 홧김에 뒤로 확 뛰고 바닥에 닿아 눈 감고 누워 있는데 누가 옆에서 천주안, 천주안, 천주안 하고 세 번을 부르데요. 아, 왜요! 하면서 눈 뜨니까 이미 상황은 끝, 그 뒤엔 아시다시피."

"아니, 죽을 줄 몰랐어요? 몇 층이었길래?"

"죽을 만했어요. 20층이 넘었어요."

내가 깔깔 웃자 천주안도 슬그머니 미소를 지었다.

"양미 씨는요?"

"저는 옆집에 불나서. 뭐 엄청 큰불은 아니었긴 한데, 이유가 있었어요."

그 이유가 무어냐고 묻는 듯한 얼굴을 모른 척하고 걸었다, 곧 대답해줄 수 있을 테니까. 낯익은 골목을 꺾어 들자 피시방 간판이 보였다. 지하로 내려가는 입구로 앞장서니 천주안이 따라왔다. 평소처럼 피시방 안은 한산했다. 카운터에 앉아 온라인 맞고를 치며 전자담배를 뻑뻑 피우고 있는 주인을 슬쩍 지나쳐 구석

자리에 켜진 컴퓨터를 찾았다.

"잘 봐둬요, 여기 이 자리가 안 들키기 딱 좋으니까."

의자를 조심스럽게 밀고 앉아 마우스를 쥐었다. 주소창에 커서를 가져다 대고 행여나 소리가 나지 않도록 천천히 키보드를 눌렀다. 생전이나 지금이나 눈을 감고도 칠 수 있는 주소였다. 곧 낯익은 화면이 나타났다.

"월드 오브 에브리싱?"

뒤에 선 천주안이 화면에 나타난 글자를 읽었다.

"이거 게임 아니에요?"

"맞아요. 내가 엄청 열심히 했던 게임이거든요. 전체 서버에서 3등 먹은 길드를 내가 만들었으니까. 여긴 그 길드 사람들이 모인 커뮤니티예요."

나는 맨 위의 '자유수다 게시판' 카테고리를 눌렀다. 오늘 새로 올라온 게시글이 50개 정도 있었고 대개는 낯익은 닉네임들이었다. 오늘 저녁 공대 자리 있나요? 퇴근하고 접속 가능합니다, 드디어 노가다의 결실을 봤어요! 템 교환하실 분 구해요⋯⋯. 이곳은 오늘도 잘 돌아가고 있는 듯했다. 워낙 오래된 게임이라 이용자 대부분이 어느 정도 매너를 갖춘 성인인 탓도 있겠으나 그보다는 내가 죽은 뒤 길드장이 된 부길드장이 꽤나 애정을 쏟아준 덕분일 거였다. 나는 새로 올라온 글 하나하나를 클릭해 정독했다. 자유수다 게시판을 살펴본 뒤에는 스크린샷, 친구 모집, 상거래 게시판까지 싹 훑었다.

"게임을 잘하셨나 봐요."

"잘한 정도가 아니라 그냥 다 씹어먹었죠."

나는 천주안이 화면을 잘 볼 수 있도록 몸을 조금 틀어 앉았다.

"잘 봐요. 좋은 거 알려줄 테니까."

나는 커뮤니티의 전체 글 검색창을 클릭해 '고양이'라고 쳤다. 검색 버튼을 누르자 '고양이'라는 단어가 포함된 게시글이 쭉 정렬되어 나타났다. 귀여운고양이님은 아직도 안 오시는 건가요?, 고양이님 그립습니다…, 예전 길드장 어디 갔어요?, 귀여운고양이님이 올려준 템 조합 아직도 잘 쓰고 있는데, 쪼렙 시절 귀여운고양이님이 도와주신 거…….

"귀여운고양이, 이게 제가 생전에 쓰던 아이디예요."

말하면서 천주안의 얼굴을 흘끗 보았으나 놀라는 기색은 없었다. 나는 보이지 않게 입을 비죽였다. 이 정도 규모의 온라인 게임에서 이런 희귀한 아이디를 차

지하는 게 얼마나 어려운 일인지 모르는 걸 보니, 게임을 잘 아는 사람은 아닌 듯했다.

"보자, 제가 대학생 때부터 이 게임을 했으니 거의 15년 했거든요."

"진짜 오래 했네요."

"뭐, 재밌기도 했지만, 이것밖에 할 게 없었거든요. 시골에서 자랐는데 어쩌다 운 좋게 서울에 있는 대학에 붙어서 혼자 상경했어요. 너무 외롭고 심심하고, 그렇다고 친구 사귈 깜냥은 안 돼서. 어쩌다 게임을 시작했는데 너무 재밌더란 말이죠. 완전히 방구석 폐인이 돼서 온종일 게임만 했어요. 대학은 출석 안 해서 잘리고 부모님한테 취직해라 결혼해라 잔소리 듣는 대가로 월세랑 용돈 받아가면서."

"허어."

"그래도 즐거웠어요. 게임 속 사람들하고 수다 떨고, 공격대 짜서 보스 잡고, 길드 운영하고. 거의 뭐, 게임 속에서 살았다고 봐야죠. 아휴, 게임을 또 얼마나 잘 만들어놨는지, 어제 24시간 중 먹고 자는 시간 빼면 게임만 했는데도 할 게 맨날 있는 거예요. 진짜 얼마나 열심이었는지 옆집에 불이 난 것도 몰랐어요. 하필 중요한 보스전이 있는 날이라 길드원 50명이 모여 붙어서 몬스터를 잡고 있었거든요. 매캐한 연기가 사방에서 막 들어오는데, 그때라도 도망갔으면 살았으려나. 가스 중독으로 쓰러지기 직전까지 우리 길드원을 한 명이라도 더 살리고 가려고 열심히 치유마법을 퍼붓고 있었지 뭐예요."

천주안의 얼굴을 살피니 웃어도 되느냐는 표정으로 나를 보고 있기에 나는 마음껏 웃으라는 뜻으로 손을 휘휘 저었다. 천주안이 폭소를 터뜨렸다.

"아니, 이거 게임 회사에서 추모비라도 세워줘야 하는 거 아니에요?"

"그러게 말이에요. 여기 쏟아부은 시간이랑 돈이 얼만데."

나도 웃으며 인터넷 창을 껐다. 혹시 언제 암행차사가 들어올지 모르니까. 그리고 이제 중요한 사실을 알려줄 차례이기도 했다.

"주안 씨, 아까 차사가 말했잖아요. 우리는 '소멸되기 전까지' 부부 사이라고."

"그랬죠."

"그런데 소멸이 어떻게 이루어지는지 알아요?"

천주안의 얼굴에서 웃음기가 가셨다.

"아니요, 안 그래도 그걸 물어보고 싶었는데."

"이거 보통 귀신들은 잘 모르는 거거든요. 아까 말했던 그 방에 갇혀 있을 때였는데, 거기서 만난 애가 되게 오래 묵은 애라 별걸 다 알고 있더라고요. 걔한테들은 귀한 정보인데 주안 씨는 남편이라 특별히 알려주는 거니까 잘 들어요."

나는 컴퓨터 화면을 가리켰다.

"아까 봤죠, 내 닉네임 검색하면 아직도 나 찾는 사람들 있는 거."

"네. 꽤 많던데요."

"그게 내가 아직까지 소멸되지 않고 존재할 수 있는 이유예요."

"그게 무슨 말이에요?"

천주안이 고개를 갸웃하며 물었다. 나는 또박또박한 어조로 대답했다.

"귀신이 소멸되는 조건은 단 하나. 피가 섞이지 않은, 그러니까 가족이 아닌 사람들 가운데 우리를 기억하고 그리워하는 마지막 한 사람이 사라지는 때. 그때 비로소 우리도 사라져요. 아까 말했다시피 생전에

저는 친구도 애인도 없었으니까, 여기 게임 속 어딘가
에 나를 생각하는 사람이 있는 거겠죠."

천주안이 숨을 훅 들이켰다. 손을 입으로 가져가
는가 싶더니, 말릴 새도 없이 그 위로 후두둑 눈물이 떨
어졌다. 나는 말없이 고개를 돌렸다. 이 이야기를 처음
들었을 때 나 역시 이런 얼굴로 울음을 터뜨렸었다. 오
만 군데 폐만 끼치고 살아왔으니 아무런 미련도 후회도
없다고 생각했는데, 막상 나를 여기 잡아두고 있는 게
무엇인지 알고 나니 그게 너무나 소중해졌고 그리워졌
으나 이제 아무것도 돌이킬 수 없다는 사실이 이미 죽
은 몸으로도 다시 한번 죽고 싶을 만큼 슬펐으니까. 두
고 온 모든 것이 갑자기 미치도록 고맙고 미안해서 마
음이 미어질 것만 같았으니까.

나는 한동안 아무 말도 하지 않고 그저 천주안
의 어깨가 가만가만 들먹이는 것을 바라보았다.


"애인이 있었거든요."

그렇겠지, 당연히 있었겠지. 나는 막 울고 난 터
라 눈가며 코끝이 퉁퉁 부었으나 아직 귀티를 잃지 않
은 천주안의 옆얼굴을 바라보며 생각했다. 천주안은 애

인에 대해 생각하는지 걷다 말고 길섶에 멈추어서 개천 한가운데를 빤히 바라보았다. 같이 걷던 이가 멈추니 나도 하릴없이 멈춰 선 채로 다음 말을 기다리는데 마침 개천 건너로 지나가던 개가 우리를 보고 짖어댔다. 주인이 목줄을 잡아당기며 얘가 허공에 대고 갑자기 왜 이래, 외치곤 개를 끌고 갔다. 끝까지 우리 쪽을 돌아보며 사납게 왕왕거리는 개를 보다 천주안이 말했다.

"사실 부모님하고 싸운 거, 애인 때문이었어요."

"부모님이 반대했어요?"

천주안은 반대, 반대 하고 입 속으로 반복하더니 피식 웃었다.

"엄밀히 말하면 반대한 건 아니에요. 그분들은 제가 남자 사귄다는 거 몰랐으니까. 그저 오래 사귄 애인이 있다는 것만 어쩌다 알았는데, 작년부터 슬슬 결혼해야 하지 않겠냐면서 자꾸 집에 한번 데리고 오라고 난리를 부리는 거예요. 어떻게 데려와요? 190센티미터에 팔근육이 제 머리통보다 더 큰 남자를 애인이라고 소개하면, 우리 부모님 그 자리에서 쇼크사했을걸요."

천주안이 입 밖으로 혀를 조금 내밀며 끽 소리를 냈다.

"아직 준비가 안 됐다는 둥 여자친구가 싫어한 다는 둥, 별 핑계를 다 대며 미루고 미뤘어요. 결국 부모 님은 제가 애인이 없으면서 거짓말을 한다고 생각하게 됐죠. 그러다 갑자기 좋은 선 자리가 있으니까 묻지도 따지지도 말고 한 번만 나갔다가 오라는 거예요. 가기 싫다고 뻗대니 그럼 애인을 데려오래요. 미칠 노릇이 죠. 그날 그렇게 싸우다가…… 결국 이렇게 된 거예요."

시선을 돌린 천주안이 천천히 걷기 시작했다.

"차라리 이 기회에 확 커밍아웃 할까도 생각했 었는데, 안 하길 잘한 것 같아요. 제가 죽자마자 영혼 결 혼식을 시킨 걸 보면 대충 알겠죠? 그분들이 얼마나 제 결혼에 집착했는지."

"우리 부모님도 그래요. 취직 안 할 거면 남자라 도 물어서 결혼하라고 어찌나 성화였는지, 아마 우리 부 모님은 제가 옆집에 난 불 때문에 죽은 것보단 결혼도 못 하고 죽은 게 더 불쌍했을걸요."

신나게 맞장구를 치긴 했으나 그러고 나니 어쩐 지 씁쓸해져 우리는 한동안 아무 말도 하지 않고 조금 떨어져 걷기만 했다. 문득 멀리 뒤쪽에서 시끄러운 소 리가 들리는 듯해 돌아보니 트로트를 크게 튼 자전거

여러 대가 달려오고 있었다. 왠지 모르겠지만 저녁인데도 선글라스를 쓴 그들은 저마다 목에 수건을 단단히 감은 채 전력으로 질주해 순식간에 우리를 스쳐 지나갔다. 자기가 가는 길에 한 치의 의심도 없이, 그저 앞으로 가는 것에만 집중하는 사람들. 우리는 그 자전거의 꽁무니마다 달린 빨간 야광등 불빛을 눈으로 좇았다.

"……애인이 보고 싶어요."

불빛이 사그라진 먼 곳을 바라보며 천주안이 나직이 말했다.

"보러 가면 되죠. 다른 귀신들 보면 생전에 좋아하던 사람들 따라다니느라 하루가 짧던데, 왜 안 가요? 방송국 앞에 가봐요, 연예인 쫓아다니는 사생 귀신들 한 트럭 있는데."

"……무서워서요. 죽은 뒤엔 한 번도 안 갔어요."

그 말에 나는 그만 입을 다물고 말았다. 무서워할까 봐서가 아니라 무서워서라니, 산 사람이 들으면 귀신인 네가 더 무섭다며 웃어넘겼을지도 모르지만 나는 그 마음이 뭔지 알 것만 같았다. 매일 피시방에 숨어들어 커뮤니티에 내 닉네임을 검색할 때마다 나도 무서웠으니까. 내가 아직 존재하는 걸로 보아 이곳의 누군가는 아직도 나를 기억하고 있는 것이 틀림없지만 그래도 혹시 그들이 나를 잊어가고 있는 중일까 봐, 행여나 잊어가고 있다는 증거를 놓칠까 봐 커뮤니티에 올라온 모든 게시글을 하나도 빠짐없이 읽었다. 그건 소멸하고 싶지 않기 때문은 아니었다. 솔직한 심정으로는 만날 사람도 할 일도 없는 지겨운 귀신의 나날, 깨끗이 없어질 수 있다면 오히려 그러고 싶다는 쪽에 가까웠으니까. 다만 잊히고 싶지 않았다. 왠지 모르겠지만 그건 싫고 무서웠다. 꼭 즐겁고 행복한 기억으로가 아니어도 좋으니, 내 세계는 끝나 없어지더라도 다른 누군가의 세계 어느 한구석에는 끝내 남아 있고 싶었다. 하물며 그게 연인이라면 그 마음, 얼마나 간절할까.

"안 죽기로 했거든요. 이십대를 통째로 같이 보내면서 온갖 억울한 일을 함께 겪고 별별 꼴을 다 당했는데 그래도 어떻게든 죽지는 말고 아득바득 살아보자고 약속했거든요. 누가 먼저 죽으면 그건 배신자니까, 깨끗이 잊고 한 달 안에 다른 사람 사귀자고 서로 입버릇처럼 말하곤 했어요. 아마 애인은 정말 그럴 거예요. 그 약속을 지키는 게 날 위한 일이라고 진심으로 믿을 테니까. 당장은 힘들겠지만, 엄청 노력하고 있겠죠."

차라리 아까처럼 눈물이라도 뚝뚝 흘리면 내 속이라도 시원하련만, 천주안은 울지도 않고 또박또박 말을 이었다.

"그리고 저도 그 사람이 그럴 수 있길 바라야겠죠."

나는 자전거도로 한가운데 오뚝 멈추어 섰다.

이런 순간에도 게임 생각을 하다니 나도 참 어쩔 수 없는 인간이구나 싶었으나 어쩔 수 없이 생각했다, 월드 오브 에브리싱 속 내 캐릭터의 직업이 다름 아닌 힐러healer였다는 사실을. 물론 계정을 여럿 만들어 게임에 존재하는 모든 직업을 깡그리 마스터하긴 했지만, 중요한 공격대에서 나는 항상 힐러 역할을 맡곤 했다. 팀원 뒤에 달라붙어 체력을 끊임없이 채워주고 각종 저주와 디버프를 해제하는 일은 내겐 몬스터를 직접 때려잡는 것보다 훨씬 재밌고 뿌듯한 일이었다. 그래, 그러니까 디버프에 걸린 저 불행한 귀신을 그대로 놔두고 싶지 않은 건, 애인 옆에 들러붙어 나름대로 행복하게 사후 세계를 즐기며 언젠가의 소멸을 받아들일 마음의 준비를 할 수 있게 해주고 싶은 건 생전의 내가 게임 중독이었던 탓이 틀림없다. 살아서나 죽어서나 남 좋은 일만 시키는 이놈의 오지랖. 나는 휘적휘적 앞서 걸어가는 천주안의 뒷모습을 괜히 흰 눈을 뜨고 한참 흘겨보았다.

우리가 그야말로 기진맥진, 파김치 귀신이 되어 아현역에 내린 것은 그로부터 두 시간이나 지난 뒤였다. 역 바깥으로 나와 차가운 바깥바람을 쐬고서야 조금씩 기분이 나아지기 시작한 우리는 누가 먼저랄 것도 없이 지하철역의 대리석 계단에 털썩 주저앉았다. 죽은 지 3년 만에 지하철을, 그것도 주말 저녁의 만원 지하철을 처음 탔다. 옴짝달싹 못 하도록 승객이 꽉꽉 들어찬 거기선 어쩔 수 없이 온갖 산 사람들과 몸을 겹쳐야만 했다. 귀신과 겹쳐진 그들 역시 오싹하니 뒤꼭지가 당겼겠지만 내 온몸에 느껴지는 찝찝함은 정말 참기 어려운 수준이었다. 천주안도 그랬는지 아직 기분 나쁜 감촉이 남아 있을 양팔을 쉼 없이 문질러대며 투덜거렸다.

"귀신이 왜 나오는 자리에만 계속 나오는지 알 것 같아요."

"그쵸, 버스든 지하철이든 진짜 고역이에요."

"미안해요, 나 때문에."

"됐어요, 됐어."

나는 벌떡 일어나 물론 아무것도 묻지 않았을 엉덩이를 괜스레 툭툭 털었다. 따라 일어난 천주안이 익숙한 곳인 듯 이내 방향을 잡아 걷기 시작했고 나는 행인들에게 겹쳐지지 않게 조심하며 따라갔다. 역 출구와 통하는 대로변을 지나 굽이굽이 좁은 골목길로 들어섰을 때였다.

"근데 여기까지 와서 미안하지만…… 잘하는 짓인지 모르겠어요, 이게."

천주안이 문득 중얼거렸다. 시무룩해진 저 잘생긴 얼굴을 한 대 때려주고 싶은 마음이 샘솟았으나 그래봤자 슉, 머리를 통과해 허공에 헛스윙만 하게 될 것을 알고 있었으므로 대신 미간에 한껏 힘을 주고 쏘아붙였다.

"아니, 아까 다 얘기했잖아요. 뭐, 눈앞에 나타나겠다는 것도 아니고, 빙의하겠다는 것도 아니고 그냥 보기만 하는 건데 왜 그래요? 보고 싶다면서요. 그럼 이대로 소멸할 때까지 안 볼 거예요?"

"아, 몰라요. 사실 여기까지 오니까 자신 없어졌어요. 집에 들어갔는데 다른 남자랑 있으면 어떡해요?

이미 다른 애인이 생겼고 나는 아련한 추억의 한 장면
으로 잊혀가는 중이면?"

"그럼 뭐 어떡해요, 고대로 돌아서 나오면 되지."

천주안이 눈을 크게 뜨고는 어쩜 그럴 수 있겠
냐는 얼굴로 나를 쳐다보았다. 나는 고개를 쌩하니 돌
려버렸다.

"가봐야 아는 거니까 일단 가요. 여기까지 개고
생해서 같이 와줬는데, 맥 빠지게 하지 말고."

푸욱 한숨을 내쉰 천주안이 다시 걷기 시작했
다. 잘한다, 잘한다. 나는 뒤를 따라가며 짝짝 박수를 쳤
다. 이게 치유마법이 아니면 뭐람. 죽어서도 힐러 노릇
을 톡톡히 하고 있는 내가 자랑스러웠다. 꼭 소를 몰아
가는 것 같은 모양으로 골목을 구불구불 지났다. 초록
불을 기다려 횡단보도를 건너고 붕어빵 장수를 지나치
고 차 밑에서 우리를 보고 야옹 우는 고양이를 보았다.
마침내 천주안이 쭈뼛쭈뼛 멈춰 선 곳은 붉은 벽돌로
덮인 낮은 빌라 앞이었다.

"여기 2층인데요."

나는 위를 올려다보았다.

"저기 불 켜진 집이요?"

"네. 집에 있나 본데요. 어떡하지. 떨려죽겠어요."

"이미 죽었으면서, 뭘."

나는 도어록이 걸려 있는 빌라 현관문을 슥 통과하며 천주안에게 따라오라는 손짓을 했다. 망설이던 천주안이 마른침을 한번 꿀꺽 삼키고는 따라 들어왔다. 대여섯 개 남짓한 계단을 올라 201호라고 쓰인 문 앞에 섰다.

"자, 그럼 난 여기서 기다리고 있을 테니까 들어가요."

"네? 같이 안 가요?"

천주안이 놀란 얼굴로 물었다.

"내가 저길 왜 가요, 남의 집인데. 방해하기 싫으니까 실컷 보고 만지고 말도 걸고 그래요. 뭐, 다른 남자랑 뒹굴고 있으면 저주를 하든지 가위를 누르든지."

"가위 누를 줄 알아요?"

"몰라요. 말이 그렇다는 거지."

우리는 동시에 웃음을 터뜨렸다가 들릴 리도 없건만 다급히 입을 막았다. 이윽고 천주안이 나를 보며 말했다.

"고마워요. 저 혼자서는 절대 못 왔을 거예요."

"됐고, 빨리 들어가봐요. 여기 있을 테니까."

천주안이 고개를 끄덕였다. 숨을 크게 들이쉬고 는 바짝 올라간 어깨를 하고 그대로 현관문을 통과해 들어갔다.

혼자 남은 나는 계단 모서리에 걸터앉았다. 두 꺼운 유리로 된 빌라 현관문이 내려다보였고 그 너머 로 네모나게 잘린 밤의 골목길 풍경이 있었다. 문 가운 데 나란히 달린 두 개의 은색 손잡이 주변에 수없는 손 자국이 덕지덕지 찍혀 있는 것이 보였다. 나는 그 희끗 희끗한 자국들을 눈여겨보았다. 저 중엔 천주안의 애인 손자국도 있을 것이고 어쩌면 생전에 드나들었을 천주 안의 것도 아직 남아 있을지 몰랐다. 계단 아래에 철 지 난 신문이며 전단지가 수북이 쌓인 걸 보면 아무래도 청소를 자주 하지 않는 건물인 것 같으니까. 하지만 부 지런한 누군가가 어느 날 갑자기 마음이 동해 걸레를 가져온다면, 저 자국들은 순식간에 사라지겠지. 맑고 깨끗하게, 있던 줄도 모르게.

현관문 너머에서 숨죽인 울음소리가 새어 나왔 다. 나는 쪼그려 앉아 양팔로 몸을 끌어안았다. 내게 남 은 시간이 얼마만큼인지야 모르겠으나 기다려줄 수 있었다, 적어도 저 울음이 그칠 때까지는.


어느새 바깥에 눈이 내리기 시작했고 그 눈이 계단참에 소복하니 쌓이기 시작했을 무렵이었다. 유리문 너머로 제법 거센 눈발이 흩날리는 모습이 꽤나 볼만한 광경이라 넋을 놓고 있는데 드디어 천주안이 현관문 가운데로 스윽 빠져나왔다. 올려다보니 얼굴이 퉁퉁 부은 천주안이 조금 머쓱한 표정을 하고 서 있었다.

"어땠어요? 다른 남자랑 있었어요?"

"아뇨. 혼자 술 진탕 마시곤 곯아떨어져 있더라고요."

"에이, 재미없게."

그렇게 말했으나 속으론 다행이다 싶었다.

"많이 야위었어요. 그렇게 깔끔 떨던 사람이 집도 엉망진창이고."

그러나 그렇게 말하는 천주안의 목소리는 왠지 편안한 느낌이었다. 방금까지만 해도 괜히 왔다면서 발을 동동 구르던 주제에, 이제야 좀 마음이 놓인 모양이지. 나는 피식 웃으며 고개를 끄덕여주고는 홀가분하게 일어섰다.

"그럼, 전 이제 가볼게요."

"네? 어디를요?"

"어디긴요, 나 원래 있던 곳으로 가야지. 제가 여기서 뭘 해요. 주안 씨는 애인하고 잘 지내요. 옆에 딱 달라붙어 다니면서 다른 남자 안 사귀나 잘 감시하고."

"안 되는데, 이렇게 가면."

나를 붙잡으려는 듯 천주안이 팔을 뻗었으나 소용없었다. 손은 내 팔뚝을 가볍게 통과해 허공을 쥘 뿐이었다.

"괜찮아요. 심심하면 나중에 놀러 오든지. 전 항상 그 피시방 주변을 어슬렁거리고 있으니까요."

또 울 작정인지 입술을 일그러뜨리고 있는 천주안에게 씨익 웃어 보였다.

"잘 지내고요. 소멸되기 전에 한번 봐요."

그 지옥철을 또다시 탈 자신이 있다면 말이지만. 나는 돌아서서 계단을 내려갔다. 막 현관문을 통과해 나가려는 찰나, 뒤에서 다급한 목소리가 들렸다.

"양미 씨, 고마워요. 잊지 않을게요."

"나도 잊지 않을게요."

나는 눈이 휘몰아치는 바깥으로 나섰다. 차갑고

커다란 눈송이가 내 몸을 통과하며 내려 소복소복 쌓였다. 몇 걸음 걷다 돌아보니 유리문 너머로 천주안이 손을 흔들고 있는 것이 보였다. 나도 손을 마주 흔들었다. 행복하게 지내길, 하고 마음속으로 말했다. 산 사람인 애인은 언젠가는 결국 천주안을 잊을 것이고 천주안은 그 하나하나의 과정을 제 눈으로 직접 보고 느끼게 되겠지만 적어도 그것이 그렇게까지 슬픈 일은 아니기를, 마지막에는 기어이 잊혔음을 기뻐하며 사라질 수 있게 되기를.

눈은 계속 쏟아졌다. 나는 걷기 시작했다.


오전 9시, 여느 날처럼 나는 좋아하는 카페 앞을 서성거렸고 가게 문을 여는 사장을 따라 들어가 원두 가는 모습이며 오븐 속에서 부푸는 빵들을 실컷 구경했다. 점심시간이 좀 지나 온몸에 갓 구운 빵 냄새를 가득 묻힌 채 밖으로 나오니 세상에, 완연한 봄 햇살이 거리마다 흥건했다. 콧노래를 부르며 개천으로 향했다. 겨우내 얼어붙었던 개천은 가장자리에 얇은 살얼음만을 남기고 있었고 실버들과 목련은 망울을 틔울 만반의 준비를 마친 듯했다. 나부작나부작 가벼운 발걸음으로 산책로에 올랐다. 산 사람들과 앞서거니 뒤서거니 하며 걷기 시작했다. 내내 두껍게 둘둘 감겨 있던 그들의 옷차림도 이제는 제법 산뜻해져 보기에 좋았다.

오늘은 월드 오브 에브리싱의 서버 종료일이다.

재정 악화를 이유로 한국 서버의 운영을 종료하겠다는 게임사의 공지가 뜬 이후, 길드 커뮤니티에는 몇 달째 평소의 서너 배가 넘는 새 글이 올라오고 있었다. 대부분 종료를 아쉬워하는 내용이었다. 오래전에 도움받았던 이를 찾고 싶다는 글, 무슨무슨 새 게임을 함께 시작하자는 글, 모월 모일 모시에 광장에서 지금껏 모아온 아이템을 뿌리겠다는 글도 있었다. 나는 물론 하나도 빼놓지 않고 모두 읽었고 그중 기억에 남는 글이 하나 있었다. 이 와중에… 귀여운고양이님은 잘 계실까요? 라는 제목의 그 글 본문에는 우습게도 '제곧내'라는 세 글자만이 쓰여 있었다. 댓글은 '그러게요, 끝내 이렇게 인사도 못 드리고 헤어지네요 ㅠ.ㅠ' 한 개뿐이었다.

고이다 못해 썩어버린 유저들만 남은 그 망겜, 진짜로 망할 때도 됐지. 나는 미소 지으며 생각했다. 즐거웠어요, 부디 더 재미있는 게임 찾으시기를 바랍니다. 찾으면 실컷 즐기시길, 죽으면 못 하니까. 가끔씩은 일어나서 이쪽저쪽 스트레칭도 하시고, 밥도 컴퓨터 앞에서만 먹지 말고 사랑하는 이들과 눈 맞추며 제대로 된 식사를 하시길.

나는 느긋하게 걸으며 앞을 똑바로 바라보았다. 발 옆으로 눈 녹은 물이 돌돌돌 소리 내며 흐르고 날씨는 더할 나위 없이 포근해, 이리 보나 저리 보나 산책하기 그만인 날이었다.

마음소라

수업이 끝나고 나오는데 누군가 나를 불렀다. 돌아보니 도일이었다. 도일은 나와 눈이 마주치자마자 손에 들고 있던 상자를 내밀었다. 예쁘게 포장이 된 데다 위에는 새틴 리본까지 붙어 있어 누가 봐도 선물임을 짐작할 수 있었지만 왜 이걸 나한테. 받기는 받았으나 이게 무엇인지, 왜 주는 것인지 도무지 짐작할 수가 없어 도일의 얼굴을 빤히 보는데 그 아이의 귀뿌리가 새빨갰다. 나는 상자를 지금 열어 보아도 되겠느냐고 물었다. 도일이 고개를 끄덕이기에 그 자리에서 리본을 끌렀다.

그때 내가 듣고 나온 수업을 나는 아직도 기억하는데 '세계고전문학'이라는 교양 수업으로 정원이 60명쯤 되었고 수업이 끝난 직후 모든 학생들이 우르르 몰려나온 탓에 복도가 매우 혼잡했지만 그 순간에는 거기 있던 모두가 나를 주목했다. 내가 상자 안을 보고 깜짝 놀라 소리를 지른 탓이었다.

그 안에는 도일의 마음소라가 들어 있었다.

그것은 내 손바닥보다 조금 더 컸다. 소용돌이 모양으로 뾰족하게 말린 윗부분은 묽은 회색과 하늘색이 섞여 꼭 소나기가 그친 직후의 여름 하늘 빛깔 같았고, 그 아래 둥그런 구멍 안쪽은 영롱한 진주색이었다. 남의 마음소라를 실제로 보는 것은 처음이었고 아니 이렇게 은밀하고 귀중한 걸 이런 곳에서 꺼내보아도 되나. 하지만 이미 어쩔 수 없는 일이었고 그보다 더 먼저 물어야 할 것은 따로 있었다.

"왜 이걸…… 나한테?"

물으면서 나는 무심코 손에 쥐고 있던 도일의 마음소라를 귀에 가져다 댔다. 덕분에 도일은 대답할 필요가 없었다. 마음소라 속에서 나지막하게 떨리는 도일의 목소리가 들려왔으므로.

너를 좋아하니까.

나는 깜짝 놀라 소라를 재빨리 귀에서 떨어뜨렸다. 그 말의 내용도 내용이었지만, 그보다는 방금 난생처음으로 남의 마음을 소리로 들었다는 사실에 놀랐다. 이거 진짜구나. 나는 마음소라를 한 손에 움켜쥔 채 도일의 얼굴을 바라보았다. 붉다 못해 검어진 그 얼굴을 이상하게도 바늘로 한번 콕, 찔러보고 싶다는 생각을 했던 것이 기억난다.

누군가에게 마음소라를 받는 일은 그 자체로도 이상하고 드문 일이지만, 당시 나와 도일의 관계를 생각해보면 더더욱 의아했다. 도일은 컴퓨터공학과, 나는 국문학과로 우리는 직전 학기에 영화에 관한 교양 수업을 하나 같이 들었다는 것 말고는 아무런 접점도 없었으니까. 그 수업에서는 조를 짜서 영화 한 편씩을 보고 그에 대해 발표를 했는데 나와 도일이 같은 조였다. 우리가 선택한 영화는 〈가타카〉였고 그 영화에 대한 도일의 의견은 잘 기억나지 않는다. 도일은 말수가 적고 낯가림이 심해 과제에 전혀 도움이 되지 않았다. 반면 나는 원체 말이 많고 나대기를 좋아하는 데다 〈가타카〉는 몇 번이나 봤을 만큼 좋아하는 영화여서, 자료 조사며 프레젠테이션 제작 및 발표까지 거의 혼자 할 정도로 열과 성을 다했었다.

대규모 교양 수업이 으레 그렇듯 교집합이 전혀 없는 학생들을 출석부순으로 적당히 묶어 조를 짰던 터라, 발표가 끝나자마자 조별 과제를 위해 개설했던 단체 채팅방은 와해되었다. 그러니 학기가 끝나고 방학을 지나 다음 학기가 시작되었을 무렵, 내가 도일에 대해 완전히 잊어버린 것도 무리는 아니었다. 그런데 갑자기 뜬금없이 나타난 도일이 내게 마음소리를 건넨 거였다.

그날 우리는 학교 뒷문에 있는 카페로 갔다. 커튼 달린 자리가 있어 친구들에게 들킬 걱정이 없었다. 자리에 앉아 커튼을 꼼꼼히 친 도일은 내게 마음소리를 받아주겠느냐고 물었다. 그것은 중요한 의식이었으므로 나는 잠시 고민했다. 동의하면 돌이킬 수 없다는 것, 그 결정이 나보다는 도일에게 더욱 큰 영향을 미치리라는 것 또한 알고 있었기에 신중해질 수밖에 없었다. 어디, 생각해볼까. 나는 도일을 잘 알지도 못했고, 물론 대학 시절에 멋진 연애를 한번 해보고 싶다는 소망이야 있었지만 그 상대가 키만 멀대같이 크고 비쩍 마른 공대남이라면 좀 얘기가 달라지는 데다 나는 원래 코가 예쁜 사람을 좋아하는데 도일의 코는 한눈에 봐도 그다지 예쁘게 생기지 않았다. 그러니 이건 거절하는 게 옳겠다고 생각했다. 그런데 뭐라고 거절한담. 귀찮게 들러붙는 건 싫은데, 아무튼 마음소라를 줄 정도면 보통 마음은 아닐 테니까.

그런데 갑자기 와장창하는 소리가 나더니 다리에 차가운 것이 확 튀었다. 테이블 위에 놓여 있던 커피잔이 떨어져 깨진 거였다. 나는 깜짝 놀라 무심코 도일을 쳐다보았다. 도일은 이상하게도 절망한 얼굴을 하고 있었다. 그때 나는 도일이 내게 생각할 시간을 주며 침착하게 창밖을 바라보고 있다고 생각했는데 사실 전혀 그런 게 아니었다는 것을 알게 됐다. 긴장으로 어찌나 몸을 떨고 있었는지 테이블이 흔들려 그 위의 잔이 떨어진 것이다. 어째 당황했다기보다는 슬퍼 보이는 표정으로 냅킨 뭉치를 쥐고 허겁지겁 일어서는 도일을 올려다보다 나는 그만 말하고 말았다.

"마음소라, 주어서 고마워."

그러자 도일은 그 후 내가 몇 년을 두고 우려먹고 놀릴 그 행동을 했다. 죽었다가 살아 돌아온 사람처

럼 안색이 화악 밝아져서는, 갑자기 가방을 열고 웬 두
꺼운 인쇄물을 꺼내 내게 주었던 것이다. 스프링으로
철한 그것의 표지에는 굴림체로 이렇게 쓰여 있었다.
'양고미가 안도일과 사귀면 좋은 점 101가지.'

　　거기에는 도일이 지난 방학 내내 머리를 짜내어
적은, 양고미가 안도일과 사귀면 좋은 점 101가지가 정
말로 적혀 있었다. 물론 그 인쇄물은 지금 남아 있지 않
고 기억나는 건 몇 가지뿐이다. 안도일은 컴퓨터를 잘
하므로 양고미의 컴퓨터를 고쳐줄 수 있다. 안도일은
아무거나 잘 먹으므로 양고미의 식성에 맞추어 데이트
코스를 정할 수 있다. 안도일은 각종 성대모사를 잘하
므로 언제든지 양고미를 웃겨줄 수 있다. 그리고……
물론 마지막 장은 이것이었다. 안도일은 양고미에게 마
음소라를 주었으므로 안도일의 마음은 평생 양고미의
것이다.

　　나는 그것을 한 장 한 장 넘겨보다 폭소를 참지
못했고, 결국 카페가 쩌렁쩌렁 울리도록 큰 소리로 웃
어버렸다. 아무튼 그날부로 우리는 정식으로 사귀기로
했다. 뭐, 마음소라를 받아버렸으니 어쩔 수 없는 일이
었다.

집에 돌아와 나는 가방 속에서 도일의 마음소라를 꺼냈다. 그것을 귀에 댄 채 침대에 바로 누웠다. 잠시 기다리자 소라 속에서 도일의 목소리가 두런두런 들려왔다.

고미가 내 마음을 받아주다니. 꿈꾸던 그 일이 실제로 일어나다니.

나는 세상에서 제일 행복한 놈일 거야. 내가 이렇게 행복해도 될까.

절대 고미를 실망시키지 않겠어. 행복하게만 해주겠어.

앞으로는 데이트 비용이 많이 들겠지…… 과외를 하나 더 늘려야겠다.

고미에게 선물을 사주고 좋은 곳에 데려가야지. 여자들은 무얼 좋아하지?

잠깐, 그런데 지금 고미, 듣고 있나?

샐샐 웃고 있는데 도일에게 문자메시지가 왔다. '마음소라 듣고 있어?' 그렇다고 답장을 보내니 소라 속에서 끄응, 하는 신음 소리가 들렸다.

아…… 부끄럽다. 정말 창피해. 하지만 행복해.

나는 마음소라를 도일의 머리통이라도 되는 듯 부드럽게 쓰다듬었다. 그러자 문득, 행복하다는 생각이

들었다. 누군가 머리부터 발끝까지 따뜻한 것을 부어준 듯 가슴이 묵직하고 발이 저절로 동동 굴러질 만큼 기분이 좋았다. 그때까지는 잘 알지도 못했던 사람이긴 하지만, 누군가가 내게 마음소라를 선물할 만큼 순수한 열정과 애정을 쏟아붓고 있다는 건 생각보다 즐거운 일이었다. 마치 내가 중요한 사람, 가치 있는 사람이 된 것 같은 으쓱한 기분.

당시 나는 스물한 살이었고 여기저기서 주워들은 것이야 많았으나 정작 연애 경험은 전혀 없었다. 때문에 나는 그 으쓱한 기분, 붕붕 뜨는 느낌을 사랑이라고 섣불리 믿었다. 어머나 나도 얘를 사랑하나 봐, 이 열렬하고 순진한 구애에 마음이 열렸나 봐, 하면서.

시간이 아주 오래 흐른 지금은 안다. 그게 타인의 크나큰 감정을 예고 없이 맞닥뜨린 젊은이들이 흔히 하는 착각이라는 것을. 하지만 당시의 나는 그 착각에 꽤나 오랫동안 빠져 있었다. 스물한 살부터 스물여덟 살까지, 만으로 꼬박 7년을.

물론 그 7년이 모두 가짜였던 것은 아니다. 나 역시 진심으로 도일을 사랑했고, 세상의 모든 사랑을 제쳐두고 가장 윗자리에 놓을 만한 그런 깨끗한 충심을 바쳤던 때가 있기는 했었다. 하지만 그 와중에도 나는 최초에 얻었던 깨달음을 항상 기억하고 있었다. 그러니까 큰 사랑을 되갚을 걱정 없이 받는 것이 얼마나 즐거운지, 누군가에게 없어서는 안 될 존재임을 증명받는 일이 얼마나 나를 값어치 있게 만드는지에 대해서 말이다.

바로 그것이 나를, 그리고 도일을 망쳐놓았다.

마음소라는 말 그대로 귀에 갖다 대면 그 주인의 속마음을 들을 수 있는 소라로, 보통 2차 성징을 겪을 때쯤 자신의 것을 갖게 된다. 신비하게도 그것은 아무 예고 없이 어느 날 갑자기 나만 볼 수 있는 곳에 덩그러니 놓인다. 나의 경우는 중학교 1학년 때였다. 반장이었던 나는 체육 시간에 피구 공을 가지러 혼자 체육 창고에 갔는데, 먼지투성이 구석에서 내 마음소라를 발견했다.

나는 그것을 보자마자 교복 상의에 둘둘 싸서 책가방 깊숙한 곳에 감추었다. 누가 훔쳐갈까 봐 그런 것은 아니었다. 어차피 남의 마음소라를 갖게 된다고 해도 그것만으로는 아무짝에도 쓸모가 없었으니까. 소라의 주인 혹은 주인이 마음을 다해 선물한 소라를 받은 사람이 아니라면, 귀를 기울여봐야 아무 소리도 들을 수 없다. 그저 또래들 사이에서는 마음소라를 갖는 것이 음모가 돋거나 초경을 겪는 것과 비슷한, 부끄럽고 숨겨야 할 일로 취급되었으므로 그걸 학습한 나도 막연히 수치심을 느꼈을 뿐이었다.

집에 돌아와서는 마음소라를 자세히 관찰했는데 나의 마음소라는 생긴 지 얼마 되지 않아 아직 크기가 좀 작고 껍데기도 완전히 단단해지지 않은 듯 무른 느낌이었다. 뾰족한 뿔 부분은 진한 레몬색으로 아래로 갈수록 물을 탄 것처럼 옅어져 상아색에 가까워졌다. 구멍 안쪽은 여러 가지 색이 오로라빛으로 어룽거렸다. 나는 두근두근 설레며 소라를 귀에 가져다 대보았다. 소라 속은 따뜻했다. 온 신경을 집중하고 있으니 드디어 첫마디가 들렸다.

내 소라는 왜 노란색이지. 분홍색이었다면 좋았을 텐데.

으악! 나는 화들짝 놀라 소라를 침대에 집어 던졌다. 당시 나는 분홍색에 환장하는 중학생으로 모든 소지품을 분홍색으로 통일하는 일에 열중하고 있었으므로, 소라를 보자마자 분홍색이 아닌 것에 조금 실망했던 건 사실이었다. 와, 이거 진짜구나. 나도 모르는 내

내면의 소리를 들을 수 있다더니 정말이구나. 나는 소
라를 꼭꼭 숨겨놓았다. 어차피 나밖에 들을 수 없었으
나 어쩐지 만지고 싶지도, 꺼내보고 싶지도 않았고 더
군다나 이걸 누군가에게 준다는 건 상상조차 해본 적
없었다.

　게다가, 마음소라는 그 자체로도 귀했지만 그게
정말 중요한 이유는 따로 있었다. 한번 누군가에게 마
음소라를 선물하면 평생 다른 사람에게 줄 수 없다. 때
문에 아무도, 설령 부부나 부모 자식 사이라도 함부로
마음소라를 주고받거나 달라고 요구하지 않았다. 그런
요구를 하는 자체가 이상하고 징그러운 일이었다. 아무
리 가까운 사이라도 평생 남에게 속마음을 전부 읽히고
싶은 사람은 없을 테니까.

　그런데 그걸 도일은 내게 준 거였다.

　그러니 나를 향한 도일의 사랑이 얼마나 열정적
이었는지 설명할 필요는 없을 것이다. 태어나서 처음
본 생물을 엄마라고 믿는 새끼 오리처럼, 첫사랑에 빠
진 도일은 나를 졸졸 따라다니며 숭배하듯 온 마음을
바쳤다. 도일은 자기 외모의 모든 부분에 일일이 내 의
견을 물었고, 내 취향에 맞게 바꾸었다. 앞머리는 내리

는 게 좋은지 이마를 내보이는 게 좋은지, 옷은 티셔츠
가 좋은지 남방이 좋은지, 안경은 쓰는 게 좋은지 벗는
게 좋은지. 나는 인형에게 옷 입히기 놀이를 하는 기분
으로 이것저것 지시했다. 남중, 남고를 거쳐 공대에 입
학한 도일은 선크림도 한번 발라본 적 없을 만큼 꾸밈
새에는 일절 관심이 없는 사람이었다. 그런 도일을 나는
그야말로 살아 있는 인형 다루듯 마음껏 주물렀다. 홍대
거리로 끌고 가 눈썹에 스크래치를 내고 귓불에 피어싱
을 뚫게 했다가, 그다음 날엔 정장 차림에 구두를 신고
나올 것을 주문하는 식이었다. 그런 얼토당토않은 부탁
을 하고 난 뒤 도일의 마음소리를 듣는 건 당연한 순서
였다. 정장? 없는데 어떻게 하지? 옆집 형한테 빌려달라고 해
볼까? 참, 넥타이는 어떻게 매지? 입어본 적도 없는데, 우스꽝스
럽게 보이면 어쩌지?…… 소라 안에서는 대강 그런 말들이
흘러나왔고 나는 혹여나 한마디라도 놓칠까 싶어 소라
를 귀에 붙이다시피 한 채 몸을 배배 꼬며 낄낄거렸다.
그러고 난 다음 날, 저 멀리서 몸에 설은 옷차림을 하고
고장 난 로봇처럼 어색하게 걸어오는 도일을 보면 마음
이 찌르르하도록 안타깝고 귀여웠다. 아이구, 요 예쁜
것! 나는 뛰어가서 도일을 쓰다듬었고 도일은 착한 강

아지마냥 묵묵히 내 손에 얼굴을 비비곤 했다. 손바닥
으로 전해져 오는 그 얼굴의 뜨끈한 온기는 하루 종일
내 온몸을 피와 함께 타고 돌았다.

　　도일의 삶을 이루는 거의 모든 것은 나, 양고미
위주로 빠르게 재정비되었다. 조금이라도 더 오래 함께
있기 위해 우리 집 주변으로 자취방을 옮겼고, 내가 듣
는 교양 수업을 모두 따라 듣는 것도 모자라 전공 수업
까지 청강했다. 내가 읽는 책을 따라 읽었고 내가 좋아
하는 배우의 프로필을 공부하듯 외웠다. 악기를 다루는
남자가 멋있다고 지나가듯 중얼거린 말에 대뜸 카드 할
부로 피아노를 사고는, 밤새 연습한 〈Kiss The Rain〉을
서툴게 연주해주기도 했다.

　　물론 다툰 날도 있었다. 다툼이라기보다는 내
얼토당토않은 요구들을 관철시키기 위한 억지 부리기
에 가까운 짓이었지만. 내가 뭔가를 제안했을 때 도일
의 표정이나 몸짓에 조금이라도 내키지 않는 듯한 낌새
가 있으면 나는 즉시 토라졌고 과도하게 화를 냈다. 너
를 떠나겠다고, 이 관계를 끊겠다고 협박도 서슴지 않
았다. 도일이 나를 달래려고 애쓰면 애쓸수록 나는 더
잔혹하게 굴었다. 그럴 때마다 마음소라 속에서 들려오

던 절망에 찬 목소리를 아직도 기억하고 있다.

솔직히 말하자면 나는 그 모든 것이 조금은 당연하다고 여겼던 것 같다. 누군가를 사랑해본 일도, 사랑받아본 일도 그전까지는 없었으니까. 도일의 방식은 내가 지금까지 영화나 드라마에서 보았던 '사랑에 빠진 사람'의 모습 그대로였고, 나는 인간은 누군가를 사랑하면 으레 이렇게 하는가 보다 하고 받아들인 거였다. 마치 마음대로 꺼내 쓸 수 있는, 무한대로 돈이 들어 있는 통장을 얻은 것처럼 나는 방탕하게 사치를 부렸다.

하지만 당연하게도 세상에 그런 것은 없었다. 남에게 받은 것 가운데 돌려주지 않아도 되는 것은 없고, 돌려줄 방법을 모른다면 애초에 받아서도 안 된다는 것을 나는 몰랐다.

시간은 착실하게 흘렀다. 우리는 보통의 이십대가 겪는 일을 차례로 통과했다. 도일은 군에 다녀왔고, 때문에 내가 그보다 조금 일찍 대학을 졸업했다. 나는 곧바로 작은 잡지사에 취직했고, 뒤이어 졸업한 도일은 몇 번의 인턴십을 거쳐 모 대기업의 IT 부서에 들어갔다.

아마도 그때부터였다, 뭔가가 서서히 변하기 시

작한 것은.

　　나중에 그 시기를 돌이켜볼 때마다 나는 마음속으로 어떤 가상의 건물을 한 채 떠올리곤 했다. 영원히 한자리에 존재할 것만 같은 크고 아름답고 견고한 건물을. 그러나 어느 날 그 건물이 거짓말같이 무너진다면, 그 최초의 균열은 어디서부터 시작된 것일까. 분명 처음에는 별것 아닌 실금에 불과했을 그것을 만약 제때 알아차리고 메꾸어낼 수 있었다면. 그랬다면 그 아름다운 건물은 영원히 무너지지 않을 수 있었을까.

　　우리 사이의 문제가 본격적으로 드러나기 시작한 건 도일의 회사 때문이었다. 일이 적성에 맞아 즐겁게 다녔던 나와 달리 도일은 회사 생활에 도통 적응하지 못했다. 매일 당연한 듯 반복되는 야근과 철저히 성과 위주로 돌아가는 냉정한 사무실 분위기를 견디기 힘들다며 도일은 자주 불평했다. 원체 성격이 무던하여 이래도 허허, 저래도 허허 하는 무골호인에 가깝던 그 애치곤 드문 일이었다.

　　한 번이라도 진지하게 이야기를 들어주었다면 좋았으련만, 회사에 큰 불만이 없던 나는 도일의 하소연을 한 귀로 흘려넘겼다. 첫 직장이라 그러려니, 시간이 지나면 나아지겠거니 한 거였다. 내 쪽에서도 한 주 내내 고단하게 일한 뒤 귀중한 주말을 쪼개어 만난 데이트에서 기운 빠지는 소리를 듣고 싶지는 않았다. 틈만 나면 시작되려는 불평불만을 나는 한마디로 일축하곤 했다. 너만 힘드냐, 나도 힘들어. 그러면 도일은 머쓱한 얼굴로 입을 다물었다가 한참 뒤에야 대답했다. 맞아, 누구나 힘들지. 그러는 동안 도일은 갈수록 얼굴 빛이 어두워지고 살이 빠졌다. 밤마다 이유를 알 수 없는 두드러기에 시달리기도 했다.

피곤해하는 도일 때문에 데이트 장소는 자연스럽게 각자의 자취방으로 굳어졌다. 배달 음식을 시켜 먹고 나면 도일은 식곤증을 이기지 못하고 꾸벅꾸벅 졸았다. 코를 고는 도일의 옆에 누워 함께 보려고 골라둔 영화를 틀면 어쩔 수 없이 짜증이 났다. 병든 닭처럼 머리만 기대면 잠드는 도일을 억지로 끌고 바닷가니, 놀이공원이니 하는 곳을 가기도 했다. 그러나 돌아오는 길에는 매번 기분이 상했고 도일은 눈치를 보기 바빴다.

그러던 어느 날이었다. 도일이 내 자취방으로 오기로 하여 오랜만에 집을 싹 청소한 참이었다. 계절이 바뀌었으니 청소한 기분도 내자 싶어 옷장 깊숙이 넣어두었던 가을 이불을 꺼내 펼쳤는데 뭔가가 데구루루 굴러 나왔다. 도일의 마음소라였다. 그러고 보니 마음소라를 듣지 않은 지도 한참 되었구나, 이게 여기 있는지도 몰랐네. 나는 편편하게 펼쳐둔 이불 위에 기분 좋게 누워 무심코 마음소라를 귀에 가져다 댔다. 잠시 후 그 속에서 들린 소리는 이랬다.

오늘은 말할 수 있을까, 헤어지자고.

마치 고막에 한 줄기 벼락이 내리쳐 온몸을 관통하고 지나간 듯한 기분이었다. 입술이, 귀가, 손끝 발끝이 서서히 부어오르는 것 같은 느낌이 들던 것을 기억한다. 실제로는 아주 차가워졌을 뿐이었지만. 나는 그 모양 그대로 조각상처럼 굳은 채 누워 있었다. 지금 내가 처한 상황을 무진 이해하려는 노력 외에는 아무것도 할 수 없었다.

집에 도착한 도일은 현관에 서서 이쪽을 한번 바라보는 것만으로 모든 상황을 이해했다. 순간 마주친 도일의 눈에 휘돈 감정은 후회, 아니면 짜증에 가까운 무언가였다. 그 직후 도일은 그때까지 한 번도 하지 않았던 행동을 했다. 곧바로 등을 돌려 집에서 나가버린 것이다. 닫힌 현관문이 믿기지 않아 멍하니 바라보는데 그때까지 귀에 대고 있던 마음소라에서 나지막한 목소리가 흘러나왔다.

차라리 잘됐어. 귀찮은 꼴 보지 않아도 되잖아.

그게 마지막이었다.

그날 이후 도일은 내 연락을 받지 않았고, 집에 찾아가도 만나주지 않았다. 차라리 원망이라도, 저주의 말이라도 퍼부어주길 바랐으나 그마저도 없었다. 어떻게 안도일이, 다른 사람도 아니고 그 안도일이 나한테 이럴 수가 있을까. 마치 하루 사이에 갑자기 다른 사람이 되어버린 것 같은 그 모습에 나는 어떻게 해야 할지 몰라 우왕좌왕했다. 술에 취해 문자로 차마 입에 담기도 힘든 욕설을 몇십 통씩 보냈다가, 다른 날에는 제발 한 번만 기회를 달라며 울부짖는 음성 메시지를 남겼다. 퇴근 시간에 맞추어 무작정 회사 앞으로 찾아가는 소름 끼치는 짓도 서슴지 않았다. 그럴 때마다 도일은 마치 더럽고 끔찍한 것을 목도한 사람처럼 고개를 돌리고 발걸음을 빨리해 나를 지나쳐 갔다.

한겨울의 어느 날, 눈인지 비인지 애매한 것이 종일 퍼부어 거리는 온통 질척질척했고 체감온도는 영하로 내려갔다. 그날 나는 월차를 내고 시체처럼 누워 도일의 마음소리를 듣고 있었다. 이제 그 안에서 내 이름이 들리는 일은 없었다. 대신 회사 일과 친구, 부모님, 때로는 자동차 엔진오일 교체 주기나 카드값 걱정 같은 것들이 그 자리를 채웠다. 더 이상 내가 모르는 도일의 일상을 조각조각 짜 맞추다가, 나는 벌떡 일어나 집을 나섰다. 도일이 살고 있는 오피스텔 쪽으로 무작정 걷기 시작했다. 도일을 만날 수 있다는 기대도, 만나서 그의 마음을 돌릴 수 있으리라는 희망도 없었지만 그저 기계적으로 발을 움직였다. 얇은 점퍼 사이로 물방울 묻은 겨울바람이 스며들었고 나는 슬리퍼만 신은 맨발이었으나 춥다는 생각도 하지 못했다. 그렇게 걷던 나는 그만 골목길에서 달려 나오는 차 앞으로 걸어 들어가고 말았다. 차는 다행히 바로 내 앞에서 멈춰 섰으나, 대신 귀청이 떨어질 것처럼 큰 소리로 클락션을 울렸다.

그 차가 떠나고 나서도 나는 한동안 그 자리에 서 있었다. 놀라거나 화가 나서는 아니었다. 귀를 먹먹하게 하는 그 클랙슨 소리에 정신이 번쩍 들어, 그것을 신호로 하여 갑자기 모든 것이 명료하고 밝아졌기 때문이었다. 내가 아무 담보도 조건도 없이 마음대로 사용했던 그 모든 것은 이제 없으며 어떤 방법으로도 그것을 다시 얻을 수는 없다는 사실, 바로 그것이 그 순간 또렷하고 무겁게 내게 다가왔고 나는 마치 실제로 부피가 있는 무언가에 맞은 듯 휘청거렸다.

나는 집으로 돌아갔고 그 뒤로 다시는 도일에게 연락하지 않았다.

그리고 아주 오랜 시간이 흘렀다.

얼마나 오랜 시간인가, 손가락을 꼽아 세어보았다. 허공의 세월을 움켜쥐는 모양으로 열 손가락을 다 접었는데도 하나가 모자라다는 것을 깨닫고는 새삼 놀라 한참을 서 있었다. 덕분에 방금 막 소면을 집어 넣은 냄비가 파르르 끓어 넘쳤고 황급히 그 위에다 찬물을 휘돌려 부으며 나는 11년, 11년 하고 작게 중얼거렸다. 꼭 남의 이야기인 양 실감이 나지 않았다, 그 세월을 온몸으로 살아내놓고서도.

희준에게는 저녁을 먹은 뒤 회사로 곧장 돌아가보아야 한다고 말해두었다. 자주 있는 일은 아니지만 그렇다고 아주 없는 일도 아니었기에 나름대로 그럴듯한 핑계였다. 뭐 나쁜 짓을 하려는 것도 아니건만, 고명을 듬뿍 올린 잔치국수를 후루룩 들이마시는 희준을 나는 바로 보지 못하고 그릇만 뒤적거렸다.

샤워한 뒤 속옷을 찾는 척하며 옷장을 뒤졌다. 마지막으로 꺼내본 게 언제였는지도 생각나지 않지만, 나는 그것이 어디 있는지 정확히 알고 있었다. 옷장 서랍 깊숙한 곳, 대학 시절에 쓰던 낡고 커다란 백팩 속이었다. 지퍼를 소리 나지 않게 열고 수건으로 뭉쳐둔 그것을 재빨리 끄집어내 핸드백에 쑤셔 넣었다. 그 위에 얇은 카디건을 덮고 차 키와 핸드폰, 화장품 파우치를 밀어 넣고 나서야 좀 안심이 되었다.

집을 나서기 전, 현관 옆에 붙은 전신거울로 내 모습을 비춰보았다. 평소 입는 옷차림 그대로에 화장기 없는 맨얼굴이었으나 어딘가 어색하게 느껴졌다.

도일 아내와의 약속 시간은 9시였다.


일의 시작은 오늘 점심때쯤, 식사를 끝내고 사무실로 돌아가던 중에 벌어졌다. 모르는 번호로 전화가 걸려 왔는데 핸드폰 화면에 뜬 발신 번호가 이상하게도 낯익다는 느낌이 들었다. 이 번호를 어디서 봤더라, 생각하며 수신 버튼을 누르는 순간 깨달았다. 전화

번호 뒤 네 자리가 도일의 것과 같았다. 물론 그때까지만 해도 기막힌 우연이라고 생각했다. 작고 차분한 여자의 목소리가 저는 천양희라고 하는데요, 하고 말하고는 마치 그 이름을 내가 알고 있으리라고 믿는다는 듯 잠시 기다리던 순간까지도 그랬다. 누구시라고요? 물으며 머릿속으로 거래처 직원들의 이름을 하나하나 되짚는데 여자가 말했다.

"저 천양희요, 안도일 와이프 천양희."

아 네에, 하고 대답하는 수밖에 없었다.

여자는 잠시 말이 없었다. 어디서 전화하고 있는 것일까, 여자가 입을 다물자 수화기 너머는 순식간에 진공처럼 고요해졌다. 나는 함께 걷고 있던 팀원들에게 먼저 가라는 뜻으로 손을 휘저어 보이며 핸드폰을 바꿔 쥐었다. 도대체 도일의 아내가 왜 내게 전화를 걸어 온 것인지, 도무지 짐작조차 할 수 없었고 온갖 생각을 하다 갑자기 더럭 겁이 났다. 혹시 도일이 죽기라도 한 걸까. 그런 생각을 하자 아무래도 그게 맞는 것 같다는 확신이 들었고 실례라는 생각도 없이 막 그걸 물으려는 참에 여자가 말을 이었다.

"혹시 제 남편의 마음소라, 아직 가지고 계시면

돌려주셨으면 해서요."

"뭐라고요?"

되묻는 내 목소리가 과하게 컸는지 앞서 걸어가던 팀원들이 나를 돌아보았다. 나는 급히 돌아서서 얼굴을 감추었다.

"나쁜 뜻은 아니에요. 그냥 그게 이제 상관없는 남한테 있다는 게 좀 마음에 걸려서. 아직 갖고 계시면 돌려주실 수 있으신가요?"

내가 거절할 거라고 생각했는지 여자의 말이 빨라졌다. 나는 입술을 깨물며 핸드폰을 다시 한번 바꿔 쥐었다.

"……가지고 있기는 해요. 돌려달라면 당연히 돌려드릴 수도 있고요. 하지만 아시다시피 그건…… 천양희 씨한테는 아무 소리도 들리지 않을 텐데요."

"그렇겠죠."

여자는 짤막하게 대답했다. 나는 얼굴을 찡그렸다. 그 말투에서 약간의 불쾌한 감정이 분명히 느껴졌기 때문이었다. 별꼴이야 정말, 나는 속으로 중얼거렸다.

"오늘이라도 당장 돌려드릴 수 있어요."

저만치 멀어진 팀원들의 뒷모습을 눈으로 좇으

며 말했다. 점심시간이 끝나가고 있는 참이라, 테이크
아웃 커피를 하나씩 든 직장인 무리가 거대하고 둔중한
물결을 이루며 빌딩 숲 사이로 흘러 들어가고 있었다.
어서 이 황당한 전화를 끊어버리고 나도 저 끄트머리에
따라붙고 싶었다.

"오늘 저녁 9시에 갈게요. 사시는 아파트 정문
에서 봬요."

여자는 미리 그렇게 하기로 생각해두었다는 듯
말했고 나는 알겠다고 대답한 뒤 전화를 끊었다. 끊고
나서야 이 여자가 내가 사는 아파트를 어떻게 아는 것
인지, 전화번호는 또 어떻게 알았는지 의아했으나 이미
묻기엔 늦은 일이었다.

사실 나도 도일의 아내에 대해서 어느 정도는
알고 있었다. 대학 시절 내내 연애했으니 겹치는 친구
가 한둘이 아니었는 데다, 그토록 요란하게 연애해놓고
헤어진 지 1년도 안 되어 각자 다른 사람과 경쟁하듯 서
둘러 결혼했다는 사실은 친구들 사이에서 꽤 오랫동안
입에 오르내린 가십거리였으니까. 오지랖 넓은 단짝 친
구 몇몇이 부지런히 소식을 물어 나른 덕분에 나는 도
일의 아내가 우리보다 한참 어리고 영국 유학까지 한

유능한 디자이너라는 사실은 물론, 취미로 꽃꽂이와 프리다이빙을 즐긴다는 것까지 알고 있었다. 몇 년 전에는 친구들의 SNS를 돌아다니다 우연히 그들의 사진을 본 적도 있었다. 행복하게 살고 있구만, 하고 심상하게 지나쳤고 고대로 잊어버렸다.

그런데 왜 갑자기 마음소라를.

사무실에 돌아와서 곰곰이 생각해보니 곱씹을수록 불쾌한 기분이 스물스물 올라왔다. 도일의 마음소라를 여태껏 가지고 있었던 것은 사실이지만, 그것이 딱히 소중하고 귀중한 물건이어서라기보단 그저 너무 내밀한 타인의 물건이라 쓰레기통에 처박기엔 애매해서였다. 그 증거로 오래전 도일을 포기한 이후로 나는 단 한 번도 그것을 들은 적이 없었다. 특히 희준은 내가 도일의 마음소라를 가지고 있다는 사실조차 모르고 있었다. 희준이야 알았다 해도 젊은 날의 치기로 여기며 한번 웃고 말 사람이긴 했지만, 그래도 한때 누군가가 마음소라를 선뜻 내주었을 만큼 자기 아내를 사랑했었다는 사실은 썩 유쾌한 일은 아닐 테니까. 그러니 오늘 밤 천양희를 만나러 나가려면 희준에게는 거짓말을 해야 할 거였고 그 역시 생각해보니 억울하기 짝이 없었다. 도대체 그 여자는 자기에겐 어차피 쓸모도 없을 그것을 왜 이렇게까지 돌려받으려 하는 걸까. 혹시 도일과 나 사이에 아직도 남은 감정이 있으리라고 오해하고 있는 건 아닐까. 나는 마음을 단단히 가다듬었다. 혹시 그런 유치한 오해를 하고 있는 거라면 확실히 못 박아야 할 거였다.

그러나 아파트 정문 앞에 비상등을 켠 채 정차하고 있는 쥐색 세단과 그 옆에 선 채 함께 밝아졌다, 어두워졌다를 반복하고 있는 여자의 실루엣을 본 순간, 나는 준비한 모든 말을 잊어버리고 말았다.

천양희는 만삭이었다. 7, 8개월쯤 되었을까, 풍덩한 원피스형 임부복 차림이이었다. 옷 밑으로 툭 튀어나온 부른 배가 한눈에 보기에도 부담스럽고 거북했다. 배를 받쳐 감싼 손목이며 옷 아래로 드러난 다리가 안쓰러울 만큼 마르고 가늘었다. 무심코 종종걸음쳐 걸어가며 나는 길거리나 대중교통에서 종종 마주치던 다른 임산부들의 모습을 떠올렸다. 부른 배를 한 손으로 받치고 어딘가로 향하던 여자들을. 그럴 때마다 그 뒷모습을 바라보며 함부로 가늠해보곤 했었다, 저이가 과연 임신으로 인해 행복할지 불행할지를. 물론 알 수 없는 일이긴 하지만, 그건 매번 짐작이 아니라 확신에 가깝도록 명징했고 천양희 역시 그랬다. 불행하구나, 더 이상 불행할 수 없을 만큼 불행하구나.

가까이 다가가자 나를 발견한 천양희가 고개를 돌렸다. 깜짝 놀랄 만큼 앳된 얼굴이었다. 아무리 어리다고 해도 삼십대 중반일 거였으나, 비상등 불빛에 짙은 음영이 드리워진 천양희의 얼굴은 임부복보다는 교복이 더 어울리겠다 싶을 만큼 애티가 났다. 다만 그 얼굴 위에 떠오른 표정만이 유일하게 제 나이에 어울렸다. 오랫동안 아무렇게나 방치해둔 물건 위에 쌓인 고운 먼지처럼, 길고 고통스러운 세월을 통과하며 어쩔 수 없이 얼굴에 덧씌워진 피로와 상념. 나는 발걸음을 빨리했다. 오늘 오후 내내 품었던 불쾌하고 기분 나쁜 감정은 이미 사라진 지 오래였다. 어서 천양희를 돌려보내 편한 장소에서 맨발로 누워 쉬게 해주고 싶었다.

"처음 뵙네요."

천양희가 말했다. 나는 대답 대신 고개를 한번 숙여 보이고는 핸드백 속으로 손을 집어넣었다. 수건에 싸인 그대로 마음소라를 끄집어내 천양희에게 내밀었다.

"받으세요."

　천양희는 손을 내밀어 그것을 받고는, 귀중한 과일의 껍질을 벗기는 듯한 동작으로 수건을 한 겹씩 풀어냈다. 왜일까, 그 순간 나는 그것이 산산조각 나 있을지도 모른다는 생각을 했다. 만약 그렇다면, 그게 다시 주워 맞출 수도 없을 만큼 엉망으로 부서져 있다면. 하지만 그 생각을 끝맺기도 전에 천양희는 수건을 도로 감쌌다.

　"감사합니다."

　천양희는 수건 뭉치를 들고 나를 바라보았다.

　"혹시나 제가 오늘 찾아온 것, 남편에게는 비밀로 해주실 수 있을까요."

　순간 속이 왈칵 답답해졌다. 나는 천양희의 얼굴을 똑바로 바라보았다.

　"뭔가 오해를 하신 것 같은데, 도일이랑 연락 안 한 지 10년이 넘었어요. 이걸 갖고 있던 것도 그냥 버릴 데가 마땅치 않아서 처박아뒀던 것뿐이지 저한텐 이제 아무 의미도 없는 물건이에요."

　천양희는 아무 표정 없는 얼굴로 가만히 내 말을 듣고 있었다. 도무지 무슨 생각을 하는지 전혀 알 수가 없었고 사실 무슨 생각을 한다기보다는 그냥 피곤해서, 더없이 지치고 피곤하다는 생각 외에는 아무것도 생각할 수 없는 상태에 가까워 보이기도 했다.

"저 결혼한 지 오래됐어요. 잘 살고 있었고 그쪽 한테 연락받기 전에는 도일이 생각도 안 했거든요. 어떻게 지내는지 알지도 못하고 관심도 없으니까 쓸데없는 오해는 하지 말아주세요. 연락하신 것 자체가 사실되게, 불쾌하고 거북스럽거든요."

'불쾌'와 '거북'에 특히 힘을 주어 발음하며 못을 박았다. 목덜미며 가슴에서 뜨거운 열기가 확확 올라오는 것 같았다.

"그럼 부탁 하나만 해도 될까요."

천양희의 무표정한 눈동자와 눈이 마주쳤다.

"부탁이요?"

천양희는 수건 뭉치를 들어 보였다.

"한 번만, 저 대신 들어주실 수 있을까요."

나는 할 말을 잃고 천양희의 입만 쳐다보았다. 부연 설명을 요구하는 것으로 이해했는지 천양희가 천천히 덧붙였다.

"남편이 무슨 생각을 하는지 알고 싶어서요."

그러면서 천양희는 수건을 벗기고 마음소라를

끄집어내어 내게 내밀었다. 엉겁결에 그것을 받아들긴
했으나 도저히 귀에 가져다 대고 싶은 마음은 들지 않
았다. 차가운 바람이 우리의 머리를 헝클어뜨리고 지나
갔다.

"제가, 집을 나온 지 좀 됐어요."

천양희가 나지막하게 말했다. 그 몸을 하고서요?
되물을 뻔했으나 입을 꾹 다물었다. 천양희는 손으로
흐트러진 머리를 빗질해 다듬었다. 앙상하게 마른 손등
에 새파란 핏줄이 도드라져 있었다.

"남편이 무슨 생각을 하는지, 그냥 좀 알고 싶어
요."

나지막하게 중얼거린 천양희는 어깨를 곧게 편
자세로 내 머리 너머의 어딘가를 뚫어지게 바라보고 있
었다. 그제서야 알 수 있었다, 천양희가 죽도록 부끄럽
고 민망한 기분을 피곤하고 지친 기색으로 덮어 감추고
있었다는 것을. 나도 모르게 한숨을 푹 내쉬었다. 버럭
화를 내며 경우 없이 굴지 말라고 소리를 지르고 싶기도
했고, 동시에 이 불쌍한 여자를 끌어안고 토닥여주고 싶
기도 했다. 두 가지 생각 모두 진심이었으므로 나는 둘
중 어떤 것도 하지 못한 채 한 발짝 물러섰다.

　천양희의 눈을 똑바로 바라보며, 천천히 소라를 귀에 가져다 댔다.

　잠시 동안 소라에서는 아무 목소리도 들리지 않았다. 빙글빙글 꼬인 소라 속 공간으로 멀리서 울리는 뱃고동 같은, 둔중하고 답답한 소리만이 넘어올 뿐이었다. 누군가는 이 소리를 파도 소리에 비유했었지. 나는 입술을 씹으며 기다렸다. 문득, 아주 오래전 처음으로 이것을 받았던 순간이 떠올랐다. 좁은 복도 한복판에서 새빨개진 목덜미를 드러내고 고개 숙인 남학생과 깜짝 놀라 동그랗게 눈을 뜨고 그 앞에 서 있던 여학생, 그게 정말 나였고 도일이었을까. 그저 어렴풋이 남아 있는 전생의 일, 아니면 어딘가에서 스쳐 들은 남의 연애담은 아니었을까.

　이윽고 익숙한 목소리가 들렸다.

　배가 고프네.

　도일이었다. 나는 얼굴을 찡그렸다. 도일의 목소리가 원래 이랬었나, 내가 기억하는 그것보다 훨씬 탁하고 끈적했다. 혹시 다른 어딘가에서 이 목소리를 듣는다면 나는 도일을 구분해낼 수 있을까. 나는 태연한 표정을 지으려 애썼다. 천양희에게 더 이상 어떤 오해의 여지도 남기고 싶지 않았다.

어제 너무 많이 마셨는데. 오늘까지만 마시고 이번 주는 그만 마셔야지.

참, 그러고 보니 박 과장한테 부조금 보내는 걸 잊었네.

집에 맥주가 있던가. 지난번에 사 온 게 아직 좀 남았을 텐데.

시시껄렁한 이야기였으나 나는 소라를 귀에 바짝 붙이고 숨을 죽였다. 천양희는 차에 기대어 선 채로 눈을 내리깔고 있었다. 나는 마음속으로 간절히 빌었다. 안도일, 제발 네 아내를 생각해. 아내를 걱정해, 집으로 돌아오길 빌어······.

집에 가는 길에 기름을 넣어야겠군. 어디가 싸더라?

아아, 귀찮은데 그냥 내일 출근하는 길에 넣을까.

잠깐, 그러고 보니 주유 할인 카드를 양희가 가져갔잖아. 그 카드로 넣으면 리터당 10원이나 할인을 받는데.

하여간 그 카드는 차에 좀 두고 다니라니까. 말을 해도 듣질 않으니, 참.

더 듣고 있을 수가 없었다. 나는 소라를 귀에서 떼어내 천양희에게 내밀었다.

"뭐라고 하나요?"

　　천양희가 소라를 받아들며 물었다. 나는 침을 꿀꺽 삼켰다. 다음 순간, 생각하지도 않은 말들이 내 입에서 흘러나왔다.

　　"지금 양희 씨를 찾아다니고 있는 중인 것 같아요. 벌써 여러 곳을 돌아다녔는데 보이질 않는다고 걱정하고 있네요."

　　내 목소리는 도일의 것만큼이나 이상하게 들렸다.

　　"양희 씨 몸도 안 좋은데 어서 집으로 들어왔으면 좋겠다고, 잘 해결하고 화해했으면 좋겠다고 생각하고 있어요. 자기가 너무 심하게 굴었다고 후회하고 있네요."

　　그러다 나는 말을 멈추었다. 방금 전까지만 해도 아무 표정이 없던 천양희의 얼굴이 눈물로 젖어 반짝이는 것을 보았기 때문이었다. 어떻게 저렇게 소리도 없이 울 수가 있을까, 마치 미리 준비해둔 눈물을 이제야 마음껏 흘린다는 듯 천양희는 차에 기대어 뚝뚝 울고 있었다. 나는 당황해서 핸드백을 뒤졌다. 마침 안쪽에 냅킨 몇 장이 있었다.

　　"아니에요, 심하게 군 건 저예요. 제가 못돼서 그

래요."

냅킨을 받아들며 천양희가 웅얼거렸다.

"제가…… 저희가…… 되게 오랫동안 안 좋았어
요. 이제 아기도 태어나는데 도일 씨는 자꾸 밖으로만
돌고, 저는 또 화를 내고…… 더 이상 못 견디겠다 싶었
어요. 무슨 생각을 하는지 도대체…… 도대체 알 수가
없어서."

냅킨에 파묻은 얼굴 밑에서 흐느끼는 목소리가
흘러나왔다. 지나가는 사람들이 놀란 얼굴로 우리를 흘
끔거렸다. 나는 천양희에게 바짝 붙어 서며 몸으로 천
양희의 우는 얼굴을 가렸다. 얼마나 답답하고 괴로우면
날 붙잡고 이럴까 싶기도 했으나, 사실 그보다 더 강하
게 드는 생각은 여기서 이러지 말았으면 좋겠다는 당혹
스러움이었다. 온 입주민이 드나드는 아파트 입구였다.
아는 사람이라도 마주치면 또 한 번 거짓말을 해야 할
거였다. 나는 손을 뻗어 천양희의 등을 어색하게 토닥
거렸다. 뜨끈한 열기가 손바닥에 느껴졌다.

"울지 마시고 집으로 돌아가보세요. 다 괜찮을
거예요."

"네, 그럴게요. 정말…… 정말로 감사해요."

천양희는 냅킨을 세모나게 접어 얼굴을 문질러 닦았다. 그러고는 뒷좌석 문을 열어 커다랗고 네모난 천 가방을 끄집어내더니 그 안에 마음소라를 소중히 담고 지퍼를 잠갔다.

"실례가 정말 많았습니다. 앞으로 연락드리는 일 없을 거예요."

천양희가 갑자기 내 손을 덥석 잡았다. 축축하고 뜨거운 손가락들이 나를 단단히 감싸 쥐었다. 나는 깜짝 놀라 움찔하며 천양희의 얼굴을 바로 쳐다보았다. 아직 눈물이 고인 눈이 나를 보며 웃고 있었다.

"정말 감사합니다. 제게 큰일을 해주셨어요."

그리고 천양희는 뒤뚱거리며 운전석에 올라탔다. 시동을 걸고 천천히 후진하는 천양희의 얼굴을 나는 멍하니 바라보았다. 이윽고 아파트 앞의 이차선도로에 진입한 천양희의 차는 그대로 액셀을 밟아 사라졌다.

천양희의 차가 멀어져 더 이상 보이지 않게 되고 나서도 나는 그 자리에 한참을 서 있었다.

집으로 돌아갈까, 하고 잠깐 생각했으나 그러지 않기로 했다. 너무 빨리 돌아온 것을 의아하게 생각한 희준이 분명 캐물을 것이고 나는 말하지 않을 자신이 없었다. 사실 한편으로는 희준에게 털어놓고 싶다는 마음도 들었다. 내게 어떤 일이 일어났는지, 내가 지금 무슨 짓을 저질렀는지를. 분명 희준은 내게 공감하고 나를 위로해줄 거였다. 하지만 내가 그걸 정말 바라는지는 알 수 없었다.

막 돌아서려는데 바닥에 무엇인가 떨어져 있는 것이 보였다. 아까 천양희가 서 있던 그 자리였다. 쪼그려 앉아 허리를 굽혀 보니 내가 건네주었던 냅킨이었다. 눈물을 꾹 눌러 닦은 흔적이 아직 남아 있었다.

등 뒤에서 차가운 바람이 불어왔다. 바람에 불린 냅킨이 들썩 움직이더니 이내 데구루루 굴러가기 시작했다. 멈추었다 가다 하던 그것이 이내 차도를 향해 휩쓸려 가다 마침 마주 오던 차 밑으로 굴러 들어가는 것까지 바라본 뒤, 나는 끙 소리를 내며 일어섰다. 핸드백 입구를 꽉 다물려 몸에 바짝 붙여 메고 걷기 시작했다.

페어리 코인

집에 요정을 기르고 있는데, 이게 돈이 된다는 걸 최근에 알게 됐단 말이지. 그것도 생각지도 못했던 방법으로.

퇴근해서 돌아온 우진이 긴히 할 말이 있다며 가족회의를 소집한 건 지난달쯤이었다. 가족이라고 해봐야 나, 우진 그리고 요정뿐이지만. 아무튼 집에 오자마자 외출복도 갈아입지 않고 설레발을 치기에 무슨 일인가 싶어, 잠자코 시키는 대로 요정을 데려와 식탁에 올려두고 앉았더니 우진이 하는 말이 가관이었다.

"우리 집 요정이 돈이 될 것 같아."

"돈? 돈이 된다고?"

"응, 그것도 큰돈이."

흥분한 우진의 눈이 빛나고 있었다. 무슨 말인지 모르겠지만 좌우간 요정을 앞에 두고 할 만한 얘기는 아닌 것 같아, 나는 도로 일어서서 요정을 달랑 들어안았다. 고양이 앓는 소리를 내며 팔에 엉겨 붙는 요정을 안방 침대에 앉혀두고 돌아와 다시 물었다.

"무슨 말이야, 돈이라니?"

우진이 닫힌 안방 문을 힐끔거리며 목소리를 낮췄다.

"지금부터 내가 말하는 거, 절대로 자기 혼자만 알고 있어야 돼. 알았지?"

나는 고개를 끄덕였다. 우진이 몸을 앞으로 기울여 내 귀에 입을 갖다 댔다.

"현철이랑 대국민 사기를 칠 거야. 우리 집 요정을 갖고."

이 인간이 지금 뭐라는 거야? 나는 할 수 있는 최대한으로 어이없다는 표정을 짓고 우진을 바라보았다.

"계획대로만 되면 우리가 당한 금액의 몇십 배는 벌 수 있어. 그럼 그냥 경매고 소송이고 집어치우자.

꼴랑 그 4억, 그냥 가지라고 해. 더러워서 안 받는다고."

우진이 눈을 빛내며 속삭였다. 나는 이마를 짚으며 한숨을 푹 내쉬었다. 평소 같았으면 이 순진한 인간이 무슨 헛소리를 하는 거야, 하며 등짝이라도 내리쳤을 테지만 이번엔 그럴 수 없었다. 흥분해 불그레해진 우진의 얼굴이 반짝반짝, 참으로 오랜만에 생기가 넘치고 있었기 때문이었다. 아마 현철 씨겠지, 황당무계한 소리로 저 귀 얇은 인간을 뒤흔들어놓은 게. 황당하기도 했으나 그보다는 마음이 찡하니 아플 만큼 속이 상했다. 내용이 뭐가 됐든, 사기를 치자는 얘기에 저렇게 얼굴을 붉히며 달려드는 꼴이 안타깝고 생경했던 것이다. 내가 아는 우진은 그야말로 법 없이도 살 것 같은 사람이었다. 운전하다 간혹 정지선을 넘어 정차하면 후진을 해서라도 기어코 정지선 안쪽으로 들어갔고, 길 잃은 개를 발견하면 하루 종일 뛰어다니면서 주인을 수소문해 결국 집으로 돌려보내주는 사람. 그랬던 내 남편 조우진이 어쩌다가 이렇게 됐단 말인가, 그것을 생각하다 나는 또 한숨을 쉬었다. 우진이 말한 4억, 그 4억 때문이겠지.

전세보증금 사기를 당했다는 사실을 안 지 반년

이 훌쩍 지난 참이었으나 아직 해결은 요원한 상태였다. 예상하기는커녕 들어본 적도 없는 유형의 사기였던데다, 버젓한 서울 역세권의 신축이었고 등기부등본상으로는 아무런 문제가 없는 깨끗한 집이었기에 충격이더했다. 신혼집을 구하던 그때, 우진은 퇴근 후 이어지는 부동산 투어에 이미 지칠 대로 지쳐 있었다. 집 문제로 이미 몇 번 다투었던 뒤끝이기도 했다. 뜬금없이 나타난 적당한 조건의 전셋집에 눈이 돌지 않을 수 없었다. 만만해 보이지 말아야지, 급해 보이지 말아야지 다짐했던 것도 잊고 너무 마음에 든다며 중개사에게 호들갑을 떨었던 일을 생각하면 입을 돌로 찧고 싶을 만큼 후회스럽지만 어쨌든 그땐 그랬다. 사람 좋고 돈 많아 보이는 집주인과 전세계약서를 쓰고 나서는 요정까지 셋이 모여 과일이며 치즈를 벌여놓고 와인을 따라서 조촐한 파티를 했었다.

그 파티, 그게 끔찍한 실수였다.

그날 집주인은 우리가 부동산을 나가자마자 매수인을 불러와 건물을 통째로 팔아넘겼다. 새 주인이된 매수인은 잽싸게 은행으로 달려가 근저당을 설정했고, 건물은 순식간에 융자금이 최대치까지 깔린 깡통이 되어버렸다. 이게 다 그날 오후 한나절 만에 일어난 일임을 생각해보면 집주인과 매수인은 물론이고 중개사까지 모두 한통속이었음을 어렵지 않게 짐작할 수 있었다. 계약은 했지만 전입신고와 확정일자를 받기 전이었으므로 우리에게는 아무런 대항력이 없었다. 다음 날 동사무소에 들러 신고했으나 이미 헛일이었다. 작정하고 이런 짓을 벌인 사람이 대출금이며 이자를 갚을 리가 없으니 집은 결국 경매에 넘어갈 것이었다. 낙찰이 되더라도 선순위 채권자인 은행이 빌려 간 만큼을 가져간 뒤에야 우리 차례가 돌아올 거였다. 4억 원은커녕 그 십분지 일이라도 건질 수 있을지 미지수였다.

　　작정하고 친 사기에 당했다는 그 자체보다도, 당하는지도 모르고 바보같이 행복해하던 그 순간만 생각하면 나는 자다가도 벌떡 일어나 가슴을 쥐어뜯곤 했다. 그러니까 그때였다. 우리가 치즈를 썰고 와인을 따르던 그때. 거실에 시폰 커튼을 달지 나비 주름 커튼을 달지, 빔프로젝터를 사면 잘 쓸 수 있을지 행복한 입씨름을 하던 순간에. 그 순간 겨우 몇 블록 떨어진 부동산에선 뱃속 검은 인간 셋이 모여 우리의 피 같은 돈 4억을 홀라당 저들 입에 처넣었다. 언제부터였을까. 언제부터 우리에게 사기를 치려고 작정했을까. 우리의 무엇이 저들에게 사기를 쳐도 되겠다고 판단하게 했을까. 그날의 옷차림, 주고받았던 말, 타고 갔던 차, 무엇이 우리를 만만하게 보이게 만들었을까.

　　내가 그날을 곱씹으며 두고두고 분해한 반면, 우진이 진정 충격을 받은 것은 우리가 변호사를 찾아갔던 날이었다. 기나긴 대기 끝에 만난 변호사는 전세계약서며 등기부등본을 한참 살펴본 뒤, 법적으로 우리 돈을 보전할 수 있는 길이 전혀 없다는 말을 아주 어렵게 돌려서 했다. 형사고소는 가능하지만 민사로는 어렵다, 그러니까 사기죄로 콩밥을 먹일 수야 있겠지만 돈을 돌려받을 수는 없겠다는 말이었다. 집주인 명의로 우리 보증금만큼의 재산이 있다면 형사소송 이후 배상 청구를 할 수야 있겠지만 작정하고 사기를 친 사람이 재산을 자기 명의로 놔두었을 리가 없다면서. 그러고는 자신이 발휘할 수 있는 최대한의 안타까움을 담아 이렇게 말했다. 전입신고랑 확정일자는 인터넷으로도 신청할 수 있는데, 바로 받아두지 그러셨어요. 그때부터 파랗게 질려 입을 꾹 다물어버린 우진 대신 내가 길길이 날뛰었다. 우리는 피해자잖아요. 우리가 피해 본 게 명백한데 구제받을 수 없다고요? 우리 돈인데요? 이게 말이 돼요?

대답을 들을 필요도 없었다. 무력한 시간이 속절없이 흘러가는 동안 그게 말이 된다는 걸 알게 됐으니까. 다른 변호사를 여럿 만나고, 비슷한 유형의 사기 피해자들이 모인 카페에 가입하고, 친척 가운데 도움을 구할 만한 법조인은 없는지 사돈의 팔촌까지 거슬러 올라갔으나 소용없었다. 지난달, 결국 우려했던 일이 일어나고 말았다. 압류장이 날아온 것이다. 집은 곧 경매에 넘어갈 거였다. 이런 상황이니 우진이 그런 헛소리를 진지하게 귀담아듣게 된 거겠지.

우리 집 요정을 이용해 사기를 치자는 얘기 말이다.

우리 집에는 요정이 있다. 이름은 그냥 요정.

부드럽고 긴 갈색 머리카락에 섬세한 이목구비를 가진 우리 집 요정은 그냥 보아도 예쁘고 귀엽지만 특히 웃을 때 보조개가 폭 패는 모습이 매력적인 녀석이다. 등에는 잠자리 날개처럼 얇고 투명한 날개가 한 쌍 달려 있어 포르르 포르르 집 안을 날아다니곤 한다.

우진이 퇴근하고 돌아오면 잽싸게 현관으로 날아가 우진의 머리 주변을 빙빙 돌며 반기고, 잘 때는 우리 부부의 머리맡에 누워 희미한 빛을 내며 잠들곤 하는 모습이 여간 사랑스럽지 않다. 말은 할 줄 몰라도 꽤나 영특해 간단한 잔심부름까지도 가능하다. 예를 들면 볼일을 봤는데 휴지가 없다거나, 침대에 누웠는데 불 끄는 것을 잊었을 때 우리 요정만큼 요긴한 아이가 없다. 기껏해야 어른 손만 한 녀석이 고 작은 손으로 얼마나 똑똑하게 알아서 척척인지. 게다가 요정은 기르기도 쉽다. 반려 난이도로 치자면 최하 중의 최하라고나 할까. 과일 따위를 작게 잘라 주면 하루 종일 쥐고 다니며 즙을 빨아 먹곤 하지만, 주지 않아도 굶주리지는 않는다. 먹는 것이 없으니 배설을 하지도 않아 치울 것도 없다. 가끔 날개에서 떨어진 반짝이는 가루가 옷이나 이불에 묻기도 하지만 그야 털어버리면 그만이니까. 뭐니 뭐니 해도 우리 요정의 가장 큰 장점이자 특징은 따로 있다. 바로 늙지도, 죽지도 않는다는 것.

우리 집안과 요정의 인연은 아주 오래전, 나의 고조모로부터 시작되었다. 그가 아직 댕기 머리를 땋고

다니던 시절의 일이었다. 고조모 일가는 지리산 산청에서도 한참 들어간 깊은 산기슭에 살고 있었는데, 어느 봄날 나물을 캐고 있는 고조모의 귓가에 갑자기 호르르 호르르 하는 노랫소리가 들려왔다. 이게 무슨 조화일까 싶어 소리를 따라 산속으로 난 오솔길을 굽이굽이 들어가니 커다란 나무 밑, 잔뜩 돋아난 버섯 위에 웬 작고 아름다운 날짐승이 앉아 있었다. 고조모를 보고도 도망가기는커녕 오히려 방긋 웃으며 너울너울 춤을 추는 것이 신기해, 쓰다듬고 귀여워했더니 집까지 졸래졸래 따라왔고 그대로 눌러앉았다나.

영특한 데다 사람 애간장 녹이는 애교까지 겸비한 요정은 곧 고조모 가족은 물론 온 마을 사람들의 귀여움을 독차지했다. 멀리 떨어진 다른 마을 사람들까지 찾아와 구경했을 정도였다. 그런 요정이 돈이 될지 모른다는 생각을, 고조모라고 해본 적이 없었던 것은 아닐 터였다. 산청 골짜기에 신기한 짐승이 있다는 소문이 퍼지자 하루에도 수십 명이 매일같이 돈을 싸 들고 찾아와 요정을 팔라고 애걸했으니까. 내게 이 이야기를 해준 외할머니의 말에 따르면 그 어렵던 시절 양옥집을 한 채 지을 만한 금액을 제시한 사람도 있었다고 했다.

그러나 고조모는 모든 제안을 딱 잘라 거절했다. 또래 친구가 하나도 없는 산골에서 쓸쓸하고 외로운 어린 시절을 보낸 고조모에게 요정은 이미 막냇동생이고 가족이었으니까. 요정은 그런 고조모의 곁에 오래오래 머무르며 즐거움이 되어주었다. 몇십 년이 흘러 늙고 병든 고조모가 임종을 맞이하는 그 순간까지도, 여전히 처음 만났을 때처럼 어리고 아름다운 모습으로. 돌아가시기 직전 고조모는 한 손으로 요정의 손을, 다른 손으로는 외동딸의 손을 붙잡은 채 당부했다. 절대로, 절대로 요정으로 돈벌이할 생각은 말라고. 자식이다 생각하고 소중히 아끼고 사랑하라고. 요정이 고조모의 딸, 즉 나의 증조모에서 외할머니, 그리고 엄마를 거쳐 내게로 오기까지 기나긴 세월이 흘렀으나 그 유언은 어겨진 적이 없었다. 물론 그들도 살면서 돈이 급한 적이 있었을 테고 그럴 때마다 요정을 보며, 저거 돈이 되겠는데 생각한 순간이 없었다 말할 수 없었겠으나 누구도 그 못된 생각을 실행에 옮기지는 않았던 것이다.

　우리 집안 사람들이 특별히 착하고 선해서는 아니었다. 인간의 수명보다 몇 배나 긴 세월 동안 우리 가족과 함께 존재하며 탄생과 죽음을 지켜봐온 이 아이는 고조모뿐 아니라 우리에게도 가족이었다. 요정은 엄마의 배 주위를 돌며 빛 가루를 뿌려 나의 잉태를 알렸고 어린 내 머리맡을 비추어 어둠을 쫓아주었다. 수능을 망치고 방에 틀어박혔을 때, 첫사랑에게 지독하게 차였을 때 부드러운 날개로 내 얼굴을 부벼주던 요정. 엄마의 기나긴 항암치료를 함께 버텨주고 돌아가신 뒤에는 유골함 위에 엎드려 눈물을 흘려준 요정. 이런 요정을 돈벌이에 이용하다니, 더구나 사기를 친다니 그건 정말 안 될 말이었다.

　　나와 오랜 연애 끝에 결혼한 우진도 잘 알고 있었다. 요정이 나에게 어떤 존재인지를. 그러면서도 그런 터무니없는 말을 꺼낸 우진에게 원래 같았으면 화를 발칵 냈어도 열 번은 냈을 거였다. 아무리 그래도 할 말 못 할 말은 가려서 하라고, 돈만 주면 마누라도 내다 팔겠다고 쏘아붙여 얼굴도 들지 못하게 만들었을 거였다.

　　그러나 나는 그러지 않았다.


　　이야기를 들어보니 우진에게 바람을 넣은 건 역시나 현철 씨였다.

　　현철 씨는 우진의 고등학교 동창으로 자주 왕래

하며 꽤나 가깝게 지내던 사이였다. 우진과는 특히 사이가 각별하여 툭하면 둘이서 동네 호프집에 얼굴도장을 찍었고 그러다 고주망태가 되어 우리 집에서 2차를 하는 일도 잦았다. 중학교 때 돌아가신 우진의 부모님을 대신해 현철 씨네 어머니가 우진을 많이 챙겨주었다나. 그 이야기를 듣고선 나도 현철 씨를 좋아하게 되었고 때로는 술자리에 같이 어울리기도 했다. 그러다 보니 자연스레 알게 되었다. 현철 씨에게 딱히 이렇다 할 직장이 없다는 것과, 그럼에도 불구하고 수상할 정도로 돈이 많다는 사실을.

이 나이쯤 되면 몇 다리 건너 꼭 있게 마련이다. 가상화폐 투자가 한창 유행하던 시기에 눈썰미 좋게 초기 진입에 성공해 순식간에 몇십억을 벌었다는 도시 전설 같은 이야기의 주인공이. 현철 씨가 바로 그 사람이었다. 대놓고 물어보진 않았지만, 우진의 말에 따르면 현철 씨의 순자산은 백억 원이 훨씬 넘을 것이라고 했다. 하긴 그럴 만도 했다. 현철 씨의 씀씀이는 평범한 월급쟁이인 우리와는 차원이 달랐다. 독신인 현철 씨는 서울에서도 집값이 가장 비싼 동네의 아파트에 혼자 살았고 모두가 갖고 싶어 하는 브랜드의 차를 세 대나 갖고 있었다. 뚜껑이 열리는 스포츠카, 종종 차박 캠핑을 다닐 SUV, 그냥 동네 마실용 세단.

그런 현철 씨가 전세 사기를 당한 우리를 진심으로 돕고 싶어 한다는 건 알고 있었다. 우진이 한사코 거절하자 나에게까지 전화를 했었으니까. 4억이 아니라 얼마라도 무기한 무이자로 빌려주겠다고, 갚을 수 있을 때 천천히 갚으라는 현철 씨의 말에 솔직히 솔깃하지 않았던 건 아니었다. 우진이와 자기가 어떤 사인데 고작 그만한 돈 때문에 애가 머리가 빠지고 비쩍 말라가는 건 못 보겠다며 애걸하다시피 하는 현철 씨에게 그럼 그럴까요, 하고 못 이기는 척 덥석 돈을 빌리고 싶은 마음이야 물론 있었다. 하지만 우진도 나도 그러지 않았다. 친구 사이에 돈이 오가는 건 좋지 않다는 생각도 있었지만 그보다 더 큰 이유는 아마도, 패배감 때문이었다. 돈을 빌려 당장에 급한 불을 끄더라도 어차피 언젠가는 우리가 도로 갚아야 할 돈이었다. 악인에게, 작정하고 덤벼든 사기꾼에게 뒤통수를 맞았는데 아무런 앙갚음도 못 하고 꼼짝없이 당하기만 해야 한다는 사실은 변하지 않는 거였다.

나와 우진이 원하는 건 제대로 된 복수였다. 돈

을 돌려받는 건 당연하고, 우리 등에 칼을 찌른 사람의
등을 우리도 찌르고 싶었다. 이왕이면 우리가 찔린 칼
보다 더 크고 날카로운 칼로, 다시는 일어서지도 못하
도록 고기 다지듯이 푹푹 찔러주고 싶었다. 당신들 사
람 잘못 봤다고, 어디 당신들도 당해보라고. 그러지 않
으면 평생 이 울분이 풀리지 않을 것 같았다. 그런데 그
렇게 할 수 있는 방법이 없었다. 이게 정말 미치고 팔짝
뛸 노릇이었다. 분명히 우리는 사기를 당했고 누가 그
랬는지, 어떻게 그랬는지도 훤히 아는데 법도, 제도도
우리 편이 아니었다.

　　이런 상황에서 끝까지 착한 사람으로 남을 수 있
는 사람이 몇이나 있을까.


　　현철 씨가 우리 집으로 찾아온 건 그 바로 다음
날 저녁이었다.

　　현관으로 들어서는 현철 씨를 아무것도 모르는
요정이 포르르 날아가 반겼다. 이미 우진을 통해 대강
계획을 들은 터라 그 모습에 괜히 속이 상해 얼른 요정
을 안아 들었다. 날개를 파르르 떨며 현철 씨에게 가려
는 요정을 쓰다듬고 조곤조곤 달랬다. 괜찮아, 어른들

얘기할 거니까 방에 잠깐 들어가 있자. 시무룩해져 앙알거리는 요정을 안방에 데려다놓고 문을 꼭꼭 닫았다. 나와 보니 이미 현철 씨와 우진은 심각한 얼굴을 하고 식탁에 앉아 있었다.

"제수씨도 대강 얘긴 들으셨죠?"

현철 씨가 물었다. 나는 결연한 표정으로 고개를 끄덕이며 식탁에 앉았다. 그렇게 둘러앉고 나니 제법 분위기가 비장했다. 그럴 만도 했다. 배경은 우리 집 부엌이고 인물은 나와 내 남편과 남편의 친구였지만, 그렇게 모인 우리는 그야말로 '대국민 사기'를 준비하고 있었으니까. 그렇게 생각하고 나니 문득 우리에게 사기를 쳤던 집주인과 중개사의 얼굴이 머릿속에 스쳐지나갔다. 그들도 이렇게 모여앉아 수군덕거리며 사기를 계획했겠지. 마음 깊은 곳에서부터 분노가 치밀어올랐다. 우진도 비슷한 생각을 했는지 무시무시한 얼굴을 하고 현철 씨의 입만 바라보고 있었다.

"자, 제가 주제넘지만 얘길 좀 하겠습니다."

목을 큼큼, 가다듬은 현철 씨가 이야기를 시작했다.

"투자의 기본은요, 기대심리를 자극하는 겁니다.

지금 내가 산 이게 값이 오를 거라는, 지금 아니면 못 사게 될 거라는 기대심리요. 주식도, 코인도, 부동산도 다 마찬가집니다. 특히 코인은 이게 더 심해요. 주식은 재무제표가 있고 부동산엔 오랜 역사가 있는데 코인엔 그런 게 없거든요. 흔히 잡코인이라고 하죠, 비트코인이나 이더리움 같은 거 말고 정식으로 상장이 안 된 규모 작은 코인들은 더해요. 이 코인을 외국 유명 랩퍼가 샀다, 어디 CEO가 SNS에 언급했다 하기만 해도 가치가 두 배 세 배로 요동치는 일이 비일비재합니다. 그런 말만 듣고도 돈을 투자하는 사람이 진짜 있나 싶겠지만 있어요. 그것도 많이."

현철 씨가 나와 우진의 얼굴을 차례로 들여다보며 말을 이었다.

"지난 몇 년 동안 하루 종일 밥 먹고 코인판만 들여다보면서 느꼈어요. 이 기대심리만 잘 이용하면 못 할 게 없겠다는 걸요. 조삼모사, 겉만 그럴싸한 헛소리가 이렇게 잘 먹히는 바닥이 또 없어요. 똑같은 수법에 매번 당하고도 또 다른 유언비어에 돈을 내놓고. 결혼 자금이며 부모님 노후자금, 심지어는 신용대출까지 받아다 처박는 사람들도 수두룩하다니까요. 쟤들 등쳐 먹는 건 일도 아니겠다, 어디 기막힌 아이템만 하나 있으면 한번 해볼 만하겠다 싶었는데 마침 제수씨 댁에 이번에 그런 일이 있었잖아요. 내 돈은 죽어도 빌리기 싫다고 하고, 그럼 방법이 없나 고민하다가 딱 생각이 나더라구요. 제수씨 댁 요정이."

현철 씨가 말을 맺자마자 우리 셋은 약속이나 한 듯 동시에 고개를 돌려 안방 문을 쳐다보았다. 저 방문 너머에서 요정은 어리둥절하고 섭섭한 얼굴로 웅크려 있을 것이다. 평소 우리 집 요정을 귀여워하던 현철 씨는 올 때마다 과일을 먹여주고 한참이나 놀아주곤 했으므로, 오늘은 무슨 일로 내게는 관심도 없고 저리들 모여 수군덕거리나 하며 의아해하고 있겠지.

"사설은 여기까지 하고, 그래서 뭘 어떻게 할 거냐면요."

현철 씨가 말하자 나와 우진의 고개가 다시 돌아갔다. 나는 침을 꿀꺽 삼키고 귀를 기울였다.

"먼저 법인을 하나 만들 겁니다. 강남에 사무실을 꾸밀 거예요. 여기 드는 비용은 전부 제가 책임지고요. 언론에 대대적으로 보도기사 뿌리고, 얼굴마담으로 유명인 몇 명 얹어서 거창하게요. 대표는 제가 할 겁니다. 우진이랑 제수씨는 사회생활을 오래 했으니 얼굴이 팔려서 안 돼요. 전 외국에서 특수생물 연구를 오랫동안 하다가 귀국한 벤처사업가로 꾸밀 거예요. 우리 사업 아이템이 바로 요정인 거죠. 지금까지 동화 속에만 등장하던 요정이라는 생물이 실제로 존재한다, 그걸 최초로 발견한 게 나고 지금은 그 요정의 번식에 대해 연구하고 있다고 하는 겁니다. 애완동물로 분양을 하기 위해서요."

본론에 이르자 현철 씨의 말이 빨라졌다.

"최근 애완동물 관련 사업이 상승세인 건 제수 씨도 아시죠? 한 집 건너 한 집이 개를 키우잖아요. 개에 비하면 요정은 얼마나 키우기 좋습니까. 예쁘고, 조용하고, 안 늙고, 안 아프고. 그런 기막힌 애완동물을 판다는데 누가 안 살까요? 너도나도 갖고 싶어 안달할 겁니다. 특히 돈 많은 사람들은 더 그렇죠. 그들은 물려주는 걸 좋아하거든요. 대를 물려가며 키우는 애완동물, 이거 단언컨대 대박 납니다."

현철 씨가 그렇지 않으냐는 듯 내 얼굴을 쳐다보았다. 나는 가만히 고개를 끄덕였다. 평소 같았다면 이미 말허리를 자르고 끼어들어도 열 번은 끼어들었을 나였다. 애완동물이 아니라 반려동물이라고 해야 한다고, 반려동물은 사고파는 게 아니라고, 그리고 우리 집 요정의 진짜 매력은 예쁘고 안 죽는다는 것뿐만이 아니라고 일장연설을 늘어놓았을 것이다. 하지만 나는 입을 다물었다. 이 상황에서 그런 말은 공허하고 역겨운 위선에 불과하다는 걸 스스로도 잘 알고 있었기 때문이었다.

"그래서 우리는 그동안 요정의 번식을 연구하고 체계화해서 시중에 공급하는 걸 목표로 연구를 거듭해왔고, 이제 그 연구가 거의 막바지 단계에 다다랐다고 판단해 법인을 세웠다고 하는 겁니다. 그런데 이제 여기서 가상화폐, '페어리 코인'이 등장해요."

깜짝 놀랐지, 하는 표정으로 현철 씨가 나와 우진의 얼굴을 번갈아 쳐다보았다.

"직접 현금을 투자 받는 건 위험합니다. 투자 계약서를 쓰면 꼼짝없이 법적으로 걸려들게 되니까요. 그러니까 이렇게 하는 거예요. 우선 '페어리 코인'이라는 가상화폐를 개발합니다. 외주 업체에 맡기면 이삼천 정도에 충분히 가능해요. 우리가 향후 요정의 번식에 성공해서 분양 사업을 본격적으로 시작하면, 실물화폐 대신 이 페어리 코인으로만 애완 요정을 구입할 수 있게 하겠다는 단서를 답니다. 이것도 물론 나중에 딴지가 걸릴 수 있으니 정식으로 공표해선 안 되죠. 대충 그렇다는 소문만 풍기는 게 오히려 더 좋습니다. 참, 제수씨도 도지코인은 아시죠? 처음엔 반 장난이었던 그게, 일론 머스크가 앞으론 그걸로 테슬라 살 수 있을지도 모른다고 자기 트위터에 쓰자마자 천장을 뚫고 우주까지 갔어요. 그걸 좀 벤치마킹 하자는 겁니다."

가상화폐 투자는커녕, 사실 아직 블록체인이라는 게 뭔지조차 정확히 모르는 나도 도지코인의 이야기는 들어 알고 있었다. 눈을 흘겨 뜬 개가 그려진 이 장난감 같은 걸 실제 돈과 맞바꾼다니 세상은 정말 요지경 속이로군, 생각하며 온라인 뉴스 기사를 읽은 기억이 있었으니까.

"우진이랑 제수씨가 할 일은 사업 홍보예요. 우리 법인의 지원 아래, 요정을 가정에서 키워낸 최초의 민간 브리더가 되는 거죠. 인터뷰도 하고, 텔레비전도 나가고, 유명 연예인들도 만나고. 요정이 실존한다는 사실만 보여줘도 우린 전 세계적으로 미친 듯이 주목받을 거예요. 코인 가치도 엄청나게 불어날 겁니다. 그럼 이제 연구가 잘되고 있다, 거의 막바지다 하는 기사만 뿌려대면서 정식 런칭을 계속 미뤄요. 점점 여론이 불안해지면서 페어리 코인이 하락하는 시점이 오겠죠? 저는 그 마지노선을 1년 정도로 보는데요. 적당한 때가 되면 우리가 갖고 있던 페어리 코인을 쪼개가며 전부 매각합니다. 그리고 법인을 닫고 언론에 공표하는 거죠. 연구는 실패했다, 번식이며 생육 조건이 예상보다 까다로워 일반인들에게 분양하기는 어렵다고 판단했다, 뭐 이런 핑계를 대면서요. 그럼 끝입니다."

"끝이요?"

나도 모르게 되묻자 현철 씨가 자신만만한 어조로 대답했다.

"끝이죠. 우리는 법을 어기지 않았으니까요. 진짜 연구를 했는지 안 했는지 저들이 알 게 뭐고, 설령 연구를 안 한 게 밝혀졌다 한들 그걸 누가 처벌할 수 있겠어요? 우리가 우리 돈으로 벌인 사업인데. 제수씨, 사업 망했다고 벌받는 사람 봤어요?"

나는 대답 대신 우진을 쳐다보았다. 지금껏 입을 꾹 다문 채 듣고 있던 우진의 얼굴에는 지금까지 한 번도 보지 못한 복잡미묘한 표정이 떠올라 있었다. 그 얼굴과 눈이 마주친 나는 직감했다, 우진이 지금 나와 정확히 똑같은 사실을 방금 막 깨달았다는 걸. 법이 우리 편을 들지 않는다면, 법이 편드는 곳으로 가면 된다. 법망의 구멍을 이용해 사기를 치는 인간들이 있다는 것은 우리도 그 똑같은 구멍을 이용할 수 있다는 뜻이었다. 그리고 그건 정말이지 통쾌하고 타당한 복수 같았다. 내가 당한 그대로 돌려주는 것, 이보다 더 유쾌한 복수가 어디 있을까.

물론 잘못된 생각이었다. 우리를 등쳐먹은 인간들과 페어리 코인을 매수해서 손해를 볼 사람들은 같은 사람이 아니니까. 그야말로 한강에서 맞은 뺨을 종로에서 화풀이하는 격이었다. 그러나 사기를 당했다는 것을 깨닫고 1년이 넘도록 실컷 가슴앓이를 해오는 동안, 우리 부부는 어느새 가해자의 실체를 한없이 넓게 뭉뚱그리고 있었다. 가장 못된 건 짬짜미를 한 집주인과 중개사 패거리겠지만, 과연 그들만이 나쁜가 하면 그건 단연코 아니었다. 법에 사각지대가 있다는 걸 알면서도 속출하는 피해자들을 나 몰라라 내버려둔 정부나, 한 달 동안 청원 동의자 20만 명을 채우지 못했다는 이유로 피해를 호소하는 국민청원에 답변하지 않은 청와대는 어떤가. 가해자가 명백한데도 승산이 없다며 변호를 거절한 수많은 변호사들과, 그렇게 왜 바보같이 즉시 전입신고를 하지 않았느냐고 되려 타박하던 무신경한 주변 사람들은. 이들 역시 우리 부부에겐 똑같이 가해자고 악인이었다. 기회만 주어진다면, 그러니까 남을 속여먹고도 벌을 받지 않으리라는 확신만 있으면 언제든지 눈 하나 깜짝 않고 누군가의 뒤통수에 망치를 휘두를 사람들 같았다.

그런 사람들을 속이는 게 뭐가 나쁘단 말인가.

나는 잠자코 일어섰다. 안방 문을 열자마자 기다렸다는 듯 날아와 내 팔뚝에 엉겨 붙는 요정을 데리고 식탁으로 돌아왔다. 아무것도 모르는 요정은 신이 났는지 식탁 위로 올라가더니, 가운데 자리를 잡고는 빙그르르 돌며 춤을 추었다. 관심을 끌고 싶을 때 으레 하는 행동이었다. 나는 기계적으로 팔을 뻗어 요정의 머리를 쓰다듬어주었다. 그러면서 말했다.

"해보죠."

현철 씨와 우진이 결연한 표정으로 고개를 끄덕였다. 천진난만하게 춤추는 요정을 바라보던 두 사람이 이윽고 손을 뻗어 요정의 머리를 쓰다듬기 시작했다. 마치 운동선수들이 결전에 임하기 전 손을 모아 파이팅을 외치는 모습 같았다. 세 개의 커다란 손바닥 밑에서, 뜻밖의 관심을 받아 잔뜩 신이 난 요정이 날개를 파르르 떨며 웃었다.

뭐 어때, 돈을 받고 팔아넘기는 건 아니니까.

이제 와서 할 말은 아닌 데다 괜히 잘되고 있는 일에 초를 치는 것 같아 혼자서만 끙끙 앓다 내린 결론이었다. 아무것도 모르는 얼굴로 나를 졸졸 따라다니는 요정을 볼 때마다 아무래도 마음이 좋지 않았고 그때마다 나는 꼭 남에게 하듯 스스로를 다그쳤다. 어디 보내는 것도 아니잖아. 요정은 우리가 계속 데리고 있을 거니까. 해를 끼치는 일은 절대 안 할 거잖아, 그러니까 괜찮아. 하지만 사실은 괜찮지 않아도 어쩔 수 없었다. 우리에겐 더 이상 물러날 곳이 없었으니까. 이미 우진은 지난주 회사에 사직서를 제출한 상태였다. 이 집에서 기어코 쫓겨나게 되면 일단 우진의 퇴직금으로 임시 거처를 구하자고 얘기해둔 터였다.

한편 현철 씨는 바쁘게 움직이고 있었다. 업계 일인자라는 블록체인 전문 업체를 섭외해 가상화폐 개발을 시작한 한편, 여기저기 돈을 뿌리며 유명인들과

줄을 대놓으려는 물밑 작업을 계속했다. 마침 현철 씨의 지인 중 방송국 메인 피디로 일한다는 사람이 있었다. 그를 징검다리 삼아 현철 씨는 배우며 가수들을 만나러 다녔고 그들 앞에서 돈을 펑펑 썼다. '뭔가 있어 보이는' 사업가인 척하려는 거였다. 처음엔 반신반의했지만, 현철 씨가 진짜로 연예인들을 만나고 심지어 그들이 먼저 현철 씨 핸드폰 번호를 따 가기도 했다는 얘기까지 듣자 신기하기도 하고 의아하기도 했다. 그게 정말 먹히는구나. 눈을 동그랗게 뜬 내게 현철 씨는 전화기 너머로 하소연을 했다.

"제수씨, 유명한 애들이 돈이 많을 것 같지만 걔네 알고 보면 다 깡통이에요. 많이 벌어도 그거 똑똑하게 굴리는 알부자는 몇 없거든. 그런 주제에 돈독은 얼마나 올랐는지. 아이돌 목형규 아시죠? 요즘 잘나간다는. 어젠 걔를 만났는데 술자리 중간에 그냥 대놓고 묻더라니까요. 사업하는 데 얼굴마담 필요하신 거 아니냐고, 얼마까지 땡겨줄 수 있냐고."

"어머, 목형규 걔 그렇게 안 봤는데. 어린애가 순진하게 생겨서는."

"세상에 순진한 사람이 어디 있어요."

여기 있죠, 사기당하는 줄도 모르고 와인 따고 치즈 썰면서 파티한 우진이랑 저요, 하고 대답하려다 나는 말을 꿀꺽 삼켰다. 이제 와서 그런 자학 개그를 해봤자 기분만 상할 뿐이니까. 지금은 이 분노를 행동력으로 돌릴 시간이었다.

"아무튼 잘되고 있어요. 곧 법인 내고 사무실 차리고 나면 오프닝 행사 거하게 할 거니까, 제수씨는 그때 우리 요정이 데리고 나와주시면 돼요. 처음 선보이는 자리니까 이왕이면 좀 예쁘게, 아시죠?"

현철 씨가 당부했다. 안 그래도 어림해두고 있었다. 요정을 사람들에게 처음 선보이는 그날, 나는 요정에게 피터 팬에 나오는 팅커벨처럼 연둣빛 시폰 드레스를 입히고 머리는 업스타일로 묶어줄 생각이었다. 안 그래도 귀여운 요정을 그렇게 꾸며두면 얼마나 예쁠까. 분명 거기 모인 사람들 전부가 넋이 나갈 것이다. 사진을 찍어서 자기 SNS에 올리지 않고는 못 배기겠지. 방송에 나와서도 말하지 않을 수 없겠지. 그럼 너도나도 대체 이 요정이라는 게 뭔가, 어디서 파는 건가 찾아보다 페어리 코인에 대해 알게 될 것이다.

전화를 끊은 뒤 나는 요정을 손바닥 위에 세워

놓고 이리저리 돌려가며 살폈다. 지금까지는 그다지 좋지 않은 솜씨로 내가 직접 옷을 만들어 입히곤 했지만, 이젠 그래선 안 될 것이었다. 인형 옷이나 강아지 옷을 만드는 곳에 물어보면 되려나. 나는 곰곰이 생각하며 요정을 이리저리 뜯어보았다. 그나저나 요 예쁜 우리 복덩이, 어떻게 매일 봐도 매일 예쁘지. 나와 눈을 맞추며 까르르 웃는 요정을 손바닥 위에서 어르고 볼을 부비며 속삭였다. 우리 예쁜 요정아, 다 괜찮을 거야. 그냥 예쁜 척 좀 하다 오면 되는 거야. 괜찮지? 화내지 않을 거지? 그러자 또랑또랑한 눈으로 나를 바라보던 요정이 활짝 웃었다. 맡겨만 두라는 듯이.

두어 달쯤 지나, 슬슬 물밑 작업이 마무리되어가고 있던 어느 오후였다. 텔레비전을 보고 있는데 우진의 핸드폰이 울렸다. 핸드폰 화면을 보자마자 돌처럼 딱딱하게 굳어진 우진의 얼굴에 나는 발신인이 누군지 금세 알아차렸다. 잽싸게 텔레비전을 끄고 귀를 기울였다. 눈을 꾹 감고 심호흡을 한 우진이 통화 버튼을 눌렀다.

"어…… 1004호 사는 분 맞죠?"

목소리에 기름이 잔뜩 낀 중년 남자였다.

"맞는데요."

"제가 그 집 주인인데요."

"그런데요?"

"저 그, 아실는지 모르겠는데, 그 집에 사실 융자가 지금⋯⋯."

"압니다."

돌연 우진이 말허리를 툭 잘랐다.

"융자금 안 갚으실 거라는 말, 그래서 이 집 곧 은행에 넘어갈 거라는 말 하려고 전화하신 거죠? 이미 알고 있었고요, 저희는 상관없어요."

우진이 단호한 어조로 말했다. 전화기 너머 상대방이 당황한 것이 느껴졌다. 분명 서로 언성을 높이며 싸우게 되리라고 생각했을 테니까. 한동안 쩟, 쩟 하며 혀 차는 소리만 내던 집주인이 중얼거렸다.

"상관이 없다는 말은⋯⋯."

"네, 상관없어요. 법대로 하신 거잖아요. 그렇죠?"

귀뿌리부터 붉어지기 시작한 우진의 얼굴은 이제 거의 전체가 벌겋게 물들어 있었다. 좋지 않은 기색을 느낀 요정이 낑, 소리를 내며 품으로 파고들었다. 무심코 요정을 안으며 나는 우진의 붉어진 옆얼굴을 그저 바라보고 있었다. 심장이 벌렁벌렁 뛰었다.

　"저희도 법대로 할 거니까요. 법대로 해결할 거니까, 그쪽도 법대로 하세요."

　"아니, 법대로 하면 그렇다니까. 은행이 선순위 채권자라서⋯⋯."

　"알아요. 안다니까요. 그러니까 법대로 하시라고요."

　악을 쓰고는 전화를 내동댕이치듯 끊어버린 우진이 거친 숨을 식식 내쉬었다. 나는 아무 말도 못 하고 우진의 손을 잡았다. 손이 불타는 듯 뜨거웠다. 우진을 오랫동안 보았지만 누군가에게 이토록 화를 내고 소리를 지르는 모습은 오늘이 처음이었다. 한 손으로는 요정을 안고 다른 손으로는 우진의 손을 잡고 토닥이는데 문득 우진이 제 얼굴을 양손으로 감싸 가렸다. 이윽고 말릴 새도 없이 손가락 사이로 격한 흐느낌이 새어 나왔다.

　"나 진짜⋯⋯ 분해서 못 살겠다."

　꽉 다문 이 사이로 우진이 씹어뱉듯 중얼거렸다. 힘을 준 손가락 마디마디가 새하얬다. 나도 눈물이

핑 돌아 우진을 끌어안았다. 어느새 땀이 흥건해진 등을 토닥이며 우진을 달랬다.

"괜찮아, 우진아. 우리 잘될 거야. 우리도 나중에는 그런 전화 걸게 될 거야. 법대로 했는데 어쩌라고, 하면서 떵떵거릴 날 곧 올 거야. 다 잘되고 있잖아. 조금만 참자. 울지 마, 뚝."

그러나 그렇게 말하는 나도 이미 콧물이 줄줄 흐를 만큼 울고 있었다. 한번 울기 시작하니 멈출 수가 없었다. 생각하면 생각할수록 모든 게 다 서럽고 억울하고 분했다. 우리가 뭘 잘못했길래, 대체 뭘 그렇게 잘못했길래. 정당하게 모은 돈으로 행복하게 살겠다는 생각밖에 없었는데, 그게 그렇게나 사치스러운 목표였을까. 서로 끌어안고 엉엉 소리 내며 아이처럼 우는 우리의 머리 위를 요정이 안절부절 맴돌았다.

우진의 핸드폰이 다시 한번 울린 건 그때였다. 콧물을 힘껏 들이마시며 우진이 내동댕이쳐둔 핸드폰을 찾아 쥐었다. 이번에는 현철 씨였다.

"여보세요."

"우진아, 드디어 모든 준비가 끝난 거 같다."

다짜고짜 말하는 현철 씨의 목소리엔 자신감이

넘쳤다.

"지난번에 같이 봤던 테헤란로에 그 사무실, 오늘 계약했어. 행사에 부를 사람들도 다 섭외해놨고. 기자들도 몇 명 올 거니까 잘하면 우리 그날 바로 뉴스 나갈 수도 있을 거 같다. 사무실 설비 마치는 대로 거하게 오프닝 파티 한번 하자."

"어어, 그래. 고생했다."

운 탓에 꽉 잠긴 목소리로 우진이 대답했다. 어느새 우진의 어깨에 올라앉은 요정이 핸드폰을 향해 손을 뻗으며 앙알앙알 소리를 냈다. 저를 귀여워해주던 현철 씨의 목소리를 알아듣고 반기는 거였다.

"그래그래, 우리 요정이가 제일 중요한 역할이지. 관리 잘해라. 요정이 없으면 우리 아무것도 못 해. 알지?"

"아유, 그럼요. 잘 데리고 있으니 걱정 마세요."

내가 대신 대답했다.

"제수씨 옆에 계셨구나. 제수씨, 다음 달까지는 다 정리될 거 같아요. 다음 달 중순쯤 해서 우진이랑 제가 오프닝 행사 거하게 준비해둘 테니까, 요정이 예쁘게 꾸며서 데려오는 건 제수씨께 맡길게요. 잘 좀 해주세요."

"나만 탁 믿어요."

전화를 끊은 뒤, 나는 잽싸게 티슈를 몇 장 뽑아왔다. 아직 눈물 콧물 범벅인 우진의 얼굴을 꾹꾹 눌러가며 닦아주고 코밑을 야무지게 훔쳐냈다. 물론 내 얼굴도 닦았다. 그러고 나서 힘주어 말했다.

"우진아, 우린 잘못한 거 없어."

"알아. 세상에 나쁜 사람들이 너무 많은 거지."

우진이 내 얼굴에 붙은 티슈 조각을 떼어내며 대답했다.

"바꿀 수 없다면 우리도 똑같아지면 돼. 이왕 나쁜 놈이 될 거면 확실히, 제대로 나쁜 놈 한번 돼보자."

"응."

빨갛게 부은 눈으로 우진이 환하게 웃었다. 요정이 우진의 어깨에서 포르르 날아 내 어깨로 옮겨 앉았다. 턱밑으로 머리를 부벼오는 요정에게 나도 마주 얼굴을 부비며 미소 지었다. 요정의 부드러운 머리카락에서 고소하고 달콤한 냄새가 났다. 다 잘될 것 같다는 강한 확신이 들었다.

오프닝 행사가 코앞으로 다가왔다. 우진과 현철 씨는 이리저리 뛰어다니며 마지막 뒷손질에 만전을 기하고 있었다. 나는 나대로 자잘한 일들을 처리하느라 바빴다. 행사 당일에 우진에게 입힐 명품 브랜드의 슈트와 구두를 구입했고 행사 이후 온라인에 뿌려질 보도기사의 초안도 대강 뽑아두었다. 요정을 예쁘게 꾸미는 것도 빼먹지 않았다. 인형 옷을 사람 옷보다 더 정교하게 만드는 몇몇 수작업 공방에 의뢰해 십수만 원짜리 옷을 여러 벌 주문해두었다. 프릴이 잔뜩 달린 공주풍 드레스도 입혀보고 어린 소년처럼 짧은 반바지를 입혀도 봤지만, 역시 처음 생각했던 팅커벨 의상이 가장 잘 어울렸다. 연둣빛 드레스에 머리를 올려 묶고 빛 가루를 사르르 뿌리며 허공에서 춤추는 요정은 정말로 넋이 나갈 만큼 아름다웠다. 이 정도면 됐다 싶었다. 수완 좋은 현철 씨 덕분에 행사에는 정말로 알짜배기, 그러니까 돈을 넘치도록 가진 인물들이 많이 올 예정이었다. 예쁘고 좋은 것은 수없이 보았고 가졌을 사람들이. 하지만 나는 확신했다. 우리 요정은 그들이 평생 본 그 무엇보다 아름다울 거였다.

우리 부부는 매일 밤 침대에 누워 계획을 곱씹

고 곱씹었다. 행사를 마친 즉시 요정의 인스타그램 계정을 만들고, 공중파 방송에 나갈 CF를 위해 광고 에이전시 사람들과 미팅을 하고, 가짜로 갖춰둔 사무실과 연구실이지만 진짜처럼 보여야 하니 잡동사니들도 좀 적당히 가져다두고……. 누가 듣는 것도 아니건만 우리는 괜히 소곤소곤 말했고 그러자니 정말로 우리가 음모를 꾸미고 있다는 사실이 실감 났다. 우진이 드르렁드르렁 코를 골며 먼저 잠들면 나는 뜬눈으로 천장을 바라보며 이런저런 일들을 머릿속에 그리곤 했다. 그러다 보면 가슴속에서 불안함이 맴맴 돌며 유리병 속에 갇힌 꿀벌처럼 몸속 여기저기에 부딪히는 것 같은 기분이 들었다. 가만히 누워 있을 수가 없어 벌떡 일어나 앉은 적도 많았다. 오프닝 행사 날짜가 하루하루 다가올수록 더 그랬다.

그리고 드디어, 대망의 행사가 하루 앞으로 다가온 날 저녁이었다.

9시가 넘어서야 어찌어찌 늦은 저녁상을 차리긴 했으나 밥이 넘어갈 리가 없었다. 나도 우진도 머릿속으로 온갖 생각을 이리 굴리고 저리 굴리느라 밥그릇은 뒷전이었고, 결국 반쯤 깨작거린 밥상을 그대로 놓아둔 채 우리 부부는 약속이나 한 듯 소파에 앉았다. 나는 가만히 우진의 손을 잡았다. 잘되겠지, 잘될 거야. 그런 확신이 들다가도 다음 순간에는 불안해서 심장이 못 견디게 펄떡거렸다. 이렇게나 준비했는데, 그런데 잘 안되면 어쩌지. 온갖 생각에 견딜 수가 없어져 텔레비전이라도 켜려고 리모컨을 집으려던 참이었다. 우진이 갑자기 헉하고 숨을 들이마시며 상체를 벌떡 일으키는 바람에 나도 화들짝 놀랐다. 아이구 깜짝이야, 나도 모르게 외치며 돌아보니 우진이 명치를 한 대 맞은 듯한 얼굴을 하고 앉아 있었다.

"왜 그래, 갑자기?"

"아니, 어……."

우진이 거친 숨을 몰아쉬었다. 그러고는 별안간 갑자기 자세를 바로 하고 앉아 말했다.

"자기야, 내가 지금까지 왜 이걸 잊고 있었는지 모르겠어."

"뭐? 뭘 말이야?"

"들어봐, 지금까지 자기한테…… 한 번도 말 안 한 일인데."

우진이 목덜미를 양손으로 감싸고 고개를 숙였

다. 한참을 그러고 있던 우진은 이윽고 떨리는 목소리로 말하기 시작했다.

"나, 고등학교 때 현철이랑 오토바이를 훔친 적이 있었어. 훔치려던 건 아니었는데, 골목길에 키가 꽂힌 오토바이가 그냥 서 있잖아. 보자마자 누가 먼저랄 것도 없이 올라탔어. 그리고 실컷 타고 돌아다니다가 아무 데나 버려졌어."

오토바이라니, 갑자기 지금 이 얘기를 왜 하고 있는 거지. 전혀 이해할 수 없었지만 우진이 단지 고등학생 시절 치기 어린 무용담 얘기를 하려는 게 아니라는 것쯤은 알 수 있었다. 나는 마구 뛰는 가슴을 손바닥으로 꾹 누르며 우진의 다음 말을 기다렸다.

"근데 다음 날 오토바이 주인이 학교로 찾아온 거야. CCTV에 이 학교 교복을 입은 남자애 둘이 찍혔다면서. 학교가 발칵 뒤집혔고 우리는 바로 교무실로 끌려갔어. 근데 그때 현철이가."

"현철이가?"

"……망설임 없이 나를 가리키는 거야. 우진이가 훔치자고 했어요, 하면서. 나는 황당하고 어이가 없었는데 옆에서 현철이가 너무 당당하게 그렇게 얘길 하고,

가만 생각해보니 그때 앞에 타서 핸들을 잡은 건 나였단 말이지. 결국 내가 혼자 뒤집어썼어. 엄청 두들겨 맞고 오토바이값도 다 물어줬고."

우진이 티셔츠 앞섶을 길게 늘여 이마의 땀을 닦았다.

"나중에 어떻게 네가 그럴 수 있냐고 하니 현철이가 그러는 거야. 둘 다 혼나는 것보단 하나만 혼나는 게 낫지 않냐고. 그리고 너는 부모님이 안 계시니까 선생님이 좀 봐줄 것 같았다고. 그땐 그 말이 이상하게 맞는 말 같았어. 뭐, 미안해하기도 했고. 자기도 알다시피 현철이랑 현철이네 부모님께 고마운 것도 있었고. 그래서 그냥 넘어갔어."

나는 천천히 고개를 끄덕였다. 이제야 우진이 무슨 말을 하고 싶은 것인지 조금 알 것 같아서였다. 우진이 고개를 돌려 나를 바라보았다.

"그 뒤로 현철이는 한 번도 그런 적이 없었어. 항상 좋은 친구로 옆에 있어줬고 무슨 말이든 들어줬지. 자기도 알잖아, 이번에 우리 사기당하고 나서 현철이가 진심으로 돈 빌려주려고 했다는 거."

"……알지."

"근데 자기야, 근데…… 만약에 말야."

뭐라 입을 뻥긋거리던 우진은 끝내 말을 뱉지 못하고 시선을 떨어뜨렸다. 그러나 나는 우진이 하려던 말이 무엇인지 이미 알고 있었다. 우리가 지금껏 생각하지 못한 단 하나의 가능성, 우진은 그걸 짚고 싶은 것이었다. 현철 씨가 우리를 배신할지도 모른다는 사실을.

문득 배 속 깊은 곳에서부터 뭔가 싸늘한 것이 퍼지기 시작했다. 나는 몸을 부르르 떨며 어금니를 꽉 물었다. 그렇다, 충분히 가능성이 있는 이야기였다. 어쩌면 현철 씨는 그저 이용하고 있는 것일지도 모른다. 코인 개발이며 투자며 법인 설립 절차며 아무것도 모르는 우리를, 요정이라는 노다지를 끼고 살면서도 그게 노다지인지 알아볼 줄 모르는 바보 같은 우리를. 한번 그렇게 생각하고 나니 모든 것이 의심스럽게 느껴졌다. 우리가 보탤 만한 여유가 없는 상황이긴 했지만, 혼자서 가상화폐 개발 비용부터 사무실 임대료까지 모든 비용을 책임진 것부터 시작해 우진과 나는 이미 얼굴이 팔렸다는 이유로 혼자 법인 대표를 맡은 것도, 중요한 인물들은 혼자만 만나고 다닌 것도 모두 다. 만약 현철 씨가 나쁜 마음을 먹고 있다면. 혹시나 중간에 우리 몰래 페어리 코인을 다 팔아치우고 잠적해버린다면.

"자, 자기야."

우진이 잡힌 손에 힘을 주었다. 얼음장처럼 차가운 이 손이 내 것인지, 우진의 것인지조차 분간할 수 없었다.

"아닐지도 몰라. 현철이가 돈이 없는 애도 아니고. 어차피 이거 성공하면 어마어마하게 벌 건데, 조금 더 벌자고 그런 짓을 하겠어? 아닐 거야. 아니야."

바보야, 우리한테 사기 친 집주인도 돈 많은 사람이었어, 하고 쏘아붙이려다 나는 입을 다물었다. 대신 마음속으로 채찍질을 하며 머리를 부지런히 굴렸다. 여러모로 수상하긴 하지만 확실한 건 아니었다. 만일 현철 씨가 처음부터 우리를 끼워줄 생각이 없었다면, 굳이 이런 귀찮은 과정을 꾸밀 게 아니라 돈을 줄 테니 요정을 자기에게 팔라고 제안하는 게 합리적이었을 것이다. 게다가 우리가 이 계획에서 중요한 역할을 맡고 있다는 점 역시 사실이었다. 어쨌든 나와 우진도 요정의 첫 민간인 브리더 노릇을 하며 뉴스며 다큐멘터리에 출연할 계획이었으니까. 우진의 말대로 우린 어쩌면 생사람을 잡고 있는 걸지도 몰랐다. 그것도 계획의 시작

を하루 앞둔, 성공에만 집중해야 할 이 중요한 시점에. 거기까지 생각하다 나는 갑자기 울음이 터질 것만 같아 입술을 꽉 깨물었다. 계획이 틀어질지도 모른다는 불안 때문이 아니었다. 지금까지 왜 이런 생각을 전혀 못 했을까, 스스로 뺨이라도 한 대 치고 싶을 만큼 자괴감이 몰려온 탓이었다. 아무나 덥석덥석 믿다가, 남들도 우리처럼 정직하고 선량하게 굴겠거니 생각하고 살다가 이 꼴이 났으면서 아직도 정신을 못 차렸단 말인가.

"어떡하지. 어떻게 해야 하지."

나도 모르게 중얼거리며 우진을 보았다. 황망하고 아득한 얼굴을 한 우진과 눈이 마주쳤다. 누가 대답해줄 수 있을까, 이 질문에. 우리는 아무 말도 하지 못하고 그저 두렵고 두려운 심정으로 서로를 응시하고만 있었다.

우진의 핸드폰이 울린 건 그때였다.

쩌렁쩌렁 울려 퍼지는 전화벨 소리에 우리는 벼락이라도 맞은 양 소스라치게 놀랐다. 우진이 뛰어가 안방에서 핸드폰을 들고 나왔다. 누구냐고 눈으로 물으니 고개를 저으며 핸드폰을 내보였다. 저장되지 않은 번호였다. 나와 우진은 불길한 시선을 교환했다. 예감이 좋지 않았다. 침을 한번 꿀꺽 삼킨 우진이 천천히 수신 버튼을 눌렀다. 나도 우진에게 달라붙어 핸드폰에 귀를 바짝 갖다 대고 숨을 죽였다.

"여보세요."

"……늦은 시간에 죄송합니다. 혹시 1004호 사시는 분 맞으신가요?"

내 또래쯤 되었을까 싶은 여자 목소리였다.

"네, 그런데요. 누구시죠?"

"저어, 저는 지성렬 씨 딸 되는 사람인데요."

순간 목덜미에 털이 바짝 서는 느낌이 들었다. 지성렬이라면 집주인의 이름이었다. 이제 와서 딸까지 등장시켜서는 대체 무슨 일일까. 드디어 집이 낙찰됐으니 나가달라고 하려는 걸까. 면구하니 딸을 시켜 전화를 걸었나. 그런데 뒤이어 여자가 하는 말은 이 모든 예상을 뒤엎는 뜻밖의 것이었다.

"일단 죄송하다는 말씀부터 드리고 싶어요. 제가 일 때문에 미국에 오래 있다가 지난달에 막 들어온 참인데, 저희 아버지가 무슨 짓을 했는지 이제야 알았지 뭐예요. 정말, 아버지가 원래 그런 사람은 아니었는데 무슨 꼬임에 넘어간 건지."

우진이 지금 이 여자가 뭐라는 거야, 하는 표정
으로 인상을 찌푸렸다. 그러나 우진이 뭐라고 대꾸하
려는 순간 나는 쉿 하며 우진의 입을 막았다. 내 예감이
맞다면, 지금 아주 이상한 일이 벌어지려 하고 있었다.

"아버지는 자꾸 법적으로 문제가 없으니 내버려
두라고 하는데, 제가 그럴 수가 없어서요. 아무리 그래
도 이건 좀 아니잖아요. 어떻게 이런 짓을 하고 발 뻗고
자겠어요. 결국 오늘 제 돈으로 융자 다 갚았답니다. 지
금 아빠랑 또 한판 하고 오는 길이에요."

우진과 나는 아무 대꾸도 하지 못하고 멍청하게
앉아 있었다. 여자가 쾌활하게 말을 이었다.

"그동안 마음고생 많이 하셨을 것 같아요. 너무
죄송해요. 제가 대신 사과드릴게요. 전세계약 끝날 때
까지, 걱정 마시고 편안하게 사시다가 나가시면 돼요.
연장하고 싶으시면 연장하셔도 되고요. 전세금 올려달
라는 소리 안 할 테니까요."

여자가 엄청 웃긴 농담이라도 한 양 크게 웃었
다. 그러자 나도 반사적으로 같이 웃음이 나왔다. 하하.
하하하. 하하하하.

"아무튼 그거 알려드리려고 전화했어요. 이제

걱정 마시라고. 아 참, 무슨 문제 생기시면 이 번호로 전화 주시면 돼요. 웬만한 건 제가 다 해결해드릴게요."

"아, 네⋯⋯."

"그럼, 들어가세요."

전화를 끊는 여자의 목소리는 더없이 상쾌했다. 마치 정말로 올바른 일을 했다는 듯이, 끔찍하게 망가진 무언가를 제 손으로 바로잡은 게 기쁘고 뿌듯해죽겠다는 사람처럼.

"자기야⋯⋯."

천천히 핸드폰을 내려놓은 우진이 뭐라고 말했지만 들리지 않았다. 나는 그저 아득해진 머리로 지금 이 상황을 이해하려 애썼다. 그러나 자꾸만 머릿속에 떠오르는 것은 여자의 웃음소리뿐이었다. 하하. 하하하하. 관자놀이에서 쿵, 쿵 하고 무언가 찧는 듯한 소리가 울렸다. 실제로는 찰나의 순간이었으나 마치 영원처럼 느껴진 시간이 흐른 뒤에야 깨달았다, 그게 내 심장 소리라는 것을.

요정이 포르르 날아온 것은 그때였다. 어느 구석에서 자고 있었는지, 머리가 헝클어진 채로 나타난 요정은 의아한 얼굴로 우리를 번갈아 바라보았다. 다들

심각한 표정으로 무슨 일이에요, 하고 묻는 것처럼. 그러더니 날개를 파들파들 떨며 길게 기지개를 켰다. 나와 우진이 멍하니 지켜보는 사이, 요정은 이제 완전히 잠이 깬 얼굴로 우리 머리 위로 날아올랐다. 날개에서 떨어진 부드러운 빛 가루가 허공에 반짝이며 흩뿌려졌다. 내 얼굴을 한 바퀴 휘돌고 품에 쏙 들어와 안긴 요정이 이젠 본격적으로 놀 준비가 됐다는 듯 얼굴을 부볐다. 따뜻하고 부드러운 머리 타래가 느껴졌다.

　　나는 요정을 품에 안은 채 눈을 희번덕거리며 주변을 둘러보았다. 이게 대체 무슨 상황인지, 어떻게 해야 하는지 알려달라고 애걸할 누군가를 찾으려는 것처럼. 그러나 내 눈에 들어온 것은 거실에 걸린 벽시계였다. 부지런히 초침을 움직이고 있는 벽시계의 시침은 자정을 몇 시간 안 남기고 있었다. 그토록 기다리고 별러왔던 통쾌한 복수의 날, 그 첫 번째 하루가 곧 시작되려 하고 있었다.

이유리위원회 산하 의문규명위원회의

어떤 오래된 어젠다에 관하여

　　도대체 왜 이유리는 인간을 사랑하지 않고는 못
배기는 걸까.

　　이 토픽에 대해 이야기하기 전에, 우선 '이유리
위원회'라는 기관의 존재와 설립 의의에 관한 간략한
설명이 필요할 것 같다.

　　이유리위원회가 최초로 만들어진 것은 이유리
가 자의식을 가지기 시작한 시기, 그러니까 일곱 살 때
쯤의 일이다(대부분의 소설가들이 어릴 적 그랬듯, 나는 아주
조숙한 어린이였다). 위원회 사무실 건물은 이유리 정신

의 내면 깊은 곳 그 어딘가에 위치해 있으며 단체 구성원은 당연히 모두 이유리들이다. 전부 파악할 수 없지만 어림잡아도 수백 명에 이르며 그 수백의 이유리들은 전부 각각의 하위 부서에 속해 있다. 그 하위 부서 역시 수백 가지가 있으나, 그 성격에 따라 크게 두 가지로 나누어볼 수 있겠다. 상설 운영되는 부서와 특수한 사건이 발생하는 경우 긴급 편성되는 부서. 전자는 이유리의 일상을 구성하는 다양한 상념의 대책과 보완을 담당하고, 후자는 그때그때 일어나는 돌발적이고 인스턴트한 사건들을 맡는다. 아무튼 어떤 부서에 속해 있든 그들의 목표는 하나다. 내적 갈등과 분쟁을 조정하고 현명한 판단을 수립하여 짧게는 이유리의 심리적 안정을, 길게는 더 나은 인간으로 거듭남을 도모하는 것. 그 목표 아래 모든 이유리위원회의 이유리들은 일사불란하게 움직인다. 무엇이 이유리에게 더 좋은 결정일까? 이 문제가 일어난, 혹은 반복되는 이유는 무엇인가? 잘잘못은 어디에 있는가? 어떻게 대처해야 하는가? 치열하게 토론하며 주장의 근거를 집요하게 수집하고 시뮬레이션을 반복한다. 필요하다면 상대편 이유리의 멱살을 잡는 일도 서슴지 않는다.

예를 들어 이 에세이를 쓰고 있는 와중, 이유리위원회의 '게으름과 딴청'을 담당하고 있는 부서('휴식과 재충전'을 담당하는 부서와는 확실히 다른 곳이다)에서 보내온 제안서를 보자. 〈벌써 800자를 썼는데, 이쯤에서 좀 쉬는 건 어떻습니까? 마침 아까부터 온유(이유리가 기르는 고양이다)가 관심을 갈구하고 있네요.〉 이 제안서는 이유리위원회 '성실성' 부서, 그중에서도 '원고 노동'을 담당하는 부서로 전달되었다. 원고 노동 부서의 이유리들은 헐렁하고 체계 없기로 유명한 이들이라 대개는 게으름 부서의 제안을 거절하지 않지만, 이번은 경우가 좀 다르다. '이달 중으로 에세이를 보내기로 했는데…… 오늘이 며칠이더라……' 원고 노동 부서의 이유리들은 술렁인다. 이윽고 그중 한 명이 거실로 파견되어 고양이 온유를 살펴본다. 돌아와 긴급히 회의. 마치자마자 서류를 작성하여 회신한다. 〈온유는 다시 장난감에 몰두하기 시작했음. 그보다, 오늘 원고를 완성하지 못하면 큰일이 날 것. 이유리의 사회적 위신과 작가 정신 보존을 위해 제안을 기각합니다.〉

뭐, 이유리위원회란 대강 그런 일을 하는 곳이다.

그건 그렇고, 이유리위원회의 여러 부서 중에는

가장 오래되고 비밀스러운 부서가 하나 있다. 그 이름
하여 '의문규명위원회.' 이곳은 오랜 사유와 질문을 거
듭하며 이유리의 인생 전반에 걸친 의문을 해소하기 위
해 설립된 부서로, 이유리위원회의 설립과 거의 동시에
생성된 곳이기도 하다. 이 부서는 당연히, 도대체 알 수
없는 짓들을 반복하며 제 인생에 치명적인 상처를 내는
이유리를 위해 만들어졌다. 모든 이유리 중 가장 지혜
롭고 과묵하고 진중한 이유리들만이 그 부서의 위원이
될 수 있다.

　　그들은 주로 늦은 밤, 내가 잠을 청하고 있을 때
쯤 모인다. 그들의 회의실 캐비닛 안에는 오래된 어젠
다들이 적힌 비단 두루마리가 몇 개 있다. 원래는 그날
의 기분과 상태에 따라 주제를 바꿔가며 회의했지만,
최근 몇 년 동안 그들은 매일 밤 같은 주제로 토론해왔
다. 그것이 이 글의 서두에 언급한 바로 그 문장이다. 도
대체 이유리는 왜 인간을 사랑하지 않고는 못 배기는가. 왜 자
신을 헐어서 남에게 주는 그 소모적인 짓을 멈추지 못
하는가.

　　해당 사안에 대해 이유리 의문규명위원회가 내
놓은 이유리의 세 가지 죄는 다음과 같다:첫 번째 죄,

이유리의 33년 동안의 삶에서 주로 사랑해온 것이 하
필이면 '인간'이라는 사실. 이 세상에는 인간보다 사랑
받을 가치가 있는 것이 차고 넘치는데도. 예를 들어 고
양이는 어떨까? 고양이는 무해하며 절대 사람을 배신
하지 않는다. 받은 것보다 더한 사랑을 착실히 돌려줄
줄 안다. 게다가 그 귀여움이란! 존재 자체만으로도 가
치가 충분한 아름다운 동물, 고양이를 사랑했다면 어떨
까. 분명 이유리의 삶은 지금보다 훨씬 평화롭고 행복
했을 것이다. 아니, 꼭 동물이 아니어도 좋다. 중학생 시
절 잠깐 심취했던 일본어 공부를 사랑했다면? 10년
이 훌쩍 지난 지금, 이유리의 일본어 실력은 엄청난 수
준이 되어 있었을 거다. 일본어로 된 책을 마음껏 읽고
영화를 자막 없이 봤겠지. 일본어로 소설을 쓸 수도 있
었을 거고. 그럼 이유리의 문학 세계는 조금 더 깊고 넓
어졌을지 모른다. 일본어뿐만이 아니다. 식물, 음식, 풍
경, 창작, 여행! 세상에는 사랑할 가치가 충분한 것들이
엄청나다. 사랑한 만큼의 기쁨과 보상을 되돌려받을 수
있는 좋은 것들이. 그런데 왜 하필이면 인간을 사랑한
단 말인가.

그 질문은 곧 두 번째 죄로 이어진다 : 이유리가

선택한 대부분의 인간은 그 사랑을 감당할 만한 능력이 없는 이들이었다는 것. 여기에는 이유리의 잘못도 없지 않다. 이유리에게 사랑이란 자신의 일상을 통째로 들어내어 손에 쥐여주고 마음대로 휘두르도록 내버려두는 것, 그것이 전부였으므로. 일단 누군가를 사랑하기 시작한 이유리는 제 모든 것을 완전히 그 사람에게 넘겨주어버린다. 제 일을 포기하고 제 거주지를 내어주고 제 취향과 취미를 버리고, 그래놓고도 그 사람이 혹여나 자기에게 질릴까 봐 전전긍긍한다. 내가 귀찮아? 이제 내가 싫어졌지? 내가 혹시 앞머리를 내리면, 허벅지가 좀 더 가늘어지면 날 더 예뻐할 거니?…… 슬프게도, 그런 방식으로 사랑하는 사람이 대개 쏟은 만큼의 사랑을 받지 못한다는 것은 잘 알려져 있다. 그런 사랑은 어느새 상대방에게는 당연한 것으로 격하된다. 그건 쏟은 사랑의 귀함과는 상관없다. 산소가 없으면 5분도 살 수 없는 인간들이, 그것이 무한정 공짜로 주어져 있다는 이유만으로 소중함을 느끼지 못하고 사는 것처럼. 대충 대해도 되는 사람, 적당히 상대해주기만 하면 항상 거기 있을 사람. 거기서 더 나아가, 조금 못되게 굴어도 되잖아오지 않을 것 같은 사람. 이유리는 매번 기꺼이 스스로 그런 사람이 되기를 자처했다. 멍청하게도.

그렇다면 그걸 깨달은 즉시 사랑을 멈추면 되지 않을까, 하는 의문이 들었다면 세 번째 죄: 이유리는 멈춰야 할 때를 모른다. 꽤나 오랜 시간을 이 지경으로 살아온 터라 뭔가 '쎄하다'는 것은 재빨리도 알아채지만, 안타깝게도 이유리는 그것을 열심히 무시한다. 이번엔 다를 거야, 내 착각이야, 기분 탓이야, 시간이 지나면 좋아질 거야, 어쩌면 마법 같은 일이 일어나서 내일 얘가 아예 딴사람이 될지도 모르지⋯⋯. 물론 그런 일은 일어나지 않는다. 그들은 어김없이 갖은 방법으로 이유리의 뒤통수를 치고 씻을 수 없는 상처를 주었다[혹시 이 글을 읽을지도 모르는 이유리의 옛 애인 가운데 누군가가 '뭐야! 이거 설마 내 얘기야? 난 최선을 다했다고!' 하며 잔뜩 화가 났다면, 그런 적개심을 품을 수 있다는 것만으로도 당신은 이 글이 지칭하는 그런 옛 애인 중 하나가 아님을 밝혀둔다. 그들은 자신의 죄를 스스로 알기에 아무 말도 못 할 것이므로. 대체 그 죄가 뭐길래 그러냐고? 누가 "여류작가"(양손 검지와 중지를 가슴 높이로 들어 올린 뒤 두 번 구부렸다 폈다 해주시길) 아니랄까 봐, 누구나 겪는 이별의 더러운 끝을 과대 포장하고 있는 거 아니냐고? 어⋯⋯ 음⋯⋯. 원고지 30매 분량의 에세이로는 도저히 다 설명할 수 없으니, 언젠가 기네스 흑맥주라도 한 잔 사주면서 물어보시길. 아무래도 알코올의 힘 없이는 들을 수 없는 이야기일 테니까).

　　아무튼 여기까지가 이유리위원회 소속 의문규명위원회가 정리한 이유리의 원죄 세 가지다. 그렇다면 이유리는 도대체 왜 이러는 것인가. 무엇을 원해서? 그야 사랑이다. 이유리는 사랑받고 싶어 한다. 더 정확히 말하자면 이유리가 택한 바로 그 인간에게, 전심전력으로, 언제 어디서나 변치 않는 지구 최고의 사랑을!

　　……그런데, 그런 게 존재하기나 하는 걸까?

　　(회의실에 모여 앉은 가장 지혜로운 이유리들, 일제히 고개를 젓는다)

　　아무튼, 의문규명위원회는 여기까지 분석한 내용을 상벌위원회의 자책담당센터(이곳은 이유리위원회에서 가장 크고 멋진 사무실을 쓰고 있다)로 보낸 뒤 도로 모여 앉아 생각에 잠겼다. 이미 저질러진 것들은 어쩔 수 없다. 앞으로 같은 잘못을 저지르지 않기 위해선 무엇을 해야 할까. 가장 지혜로운 이유리들이 모여 앉아 수백 밤을 토론했으나 매번 답은 같았다. 이제 앞으로 다시는 그 누구도 사랑하지 않을 것. 믿거나 기대하거나 내어주지 않을 것. 정신을 단단히 걸어 잠그고 아무도 들여보내지 않을 것. 마음의 BGM을 발라드에서 데스메탈로 바꾸고, 혹여나 누군가 음향장치 주변에 얼씬거린다면 강철 가시 채찍의 맛을 톡톡히 보여줄 것. 의문규명위원회 이유리들은 위 내용을 정서하여 전 부서에 전달한다. 문서 마지막 장에 엄준한 경고를 첨부하는 일도 잊지 않는다. 〈이 지침은 이유리위원회의 어떤 결정보다 우선됩니다. 이 지침을 어기는 부서는 즉시 퇴출됨을 경고합니다.〉 이정도면 됐겠지. 아무렴 바보도 아니고, 이렇게까지 고통받았는데 또 같은 짓을 저지르진 않을 것이다. 엄격히 경고해뒀으니까. 어기기만 해봐라. 가만두지 않을 것이다. 이유리 내면의 평화를 어지럽히는 저 사랑, 존재하지도 않는 것을 갖고자 몸부림치는 어리석은 짓은 더 이상 용납할 수 없다. 지혜로운 이유리들은 그렇게 단결한 뒤 해산한다.

그러나.


언제더라. 아무튼 최근, 항상 보는 그 녀석들(소설가 박서련과 그의 귀여운 애인 윤재성 시인)과 심야 영화로 〈헤어질 결심〉(2022)을 봤다. 끝내주는 영화였다. 영화가 끝나고 나와서 친구들에게 이런 말을 했다. "역시…… 죽였어야 해." 내 지난한 연애사를 대강 아는 그들은 이 빈약한 감상을 웃어넘겨주었지만 나는 그들이 내 말을 잘못 이해했음을 알고 있었고 사실 그건 잘못 이해하라고 한 말이기도 했다. 영화에서 송서래는 못된 전남편들을 죽였지만, 그가 가장 마지막으로 죽인 건 바로 자기 자신이었다. 나도 송서래처럼 나를 스스로 죽였어야 했다. 실패를 깨달은 순간, 내가 바랐던 건 이 지상에는 없다는 것을 안 그 즉시 스스로 모래 구덩이를 팠어야만 했다. 거기 들어앉아 밀려오는 바닷물을 어루만질 각오가 있어야 했다.

그런 것도 없이 사랑을 했다니. 이야말로 죽어 마땅하구나.

그런 생각을 하며 새벽길을 걸어 집으로 돌아왔다.

그리고 지금 내 손 안에 남은 사랑, 거기엔 그런 각오가 있나.

있다면 얼마나 있나.

(물론 이 질문 역시 이유리위원회 의문규명위원회로 즉시 송달되었으나, 팩스는 곧바로 되돌아왔다. '이제 와서 뭘, 엿이나 처먹어'라고 적힌 거친 손글씨와 함께.)

해설

# 마음의 형태학
## :귀신, 마음소라 그리고 요정

——전승민(문학평론가)

　　삶이 주는 좋은 것들을 온전히 누리기 위해서는 매 순간 진심을 다하면 된다고 생각한다. 하지만 사력을 다한 치열함에도 불구하고, 아니 오히려 그 진정성 가득한 치열함 때문에 문득 모두 놓아버리고 싶은 회피 욕구가 문득 찾아올 때가 있다. 평형 상태이던 삶의 중력이 갑자기 '나'의 무게를 압도해버리면 그저 그 힘의 흐름 속에서 자아를 잃어버리는 일만이 유일한 선택지라고 납득하고 싶을 때가 있다. 하지만 사는 일이 아무리 지난하고 괴로워도 쏟아지는 가을 햇빛과 그 사이에서 태어나는 시와 소설들, 그것들이 주워 담는 삶의 아름다움과 고통을 아는 한, 그러니까 문학을 읽고 쓰는 한, 우리는 삶 자체를 포기하는 상상보다 현실의 중력이 다른 방향으로 솟구쳐 새로운 차원을 만드는 이야기를 집어 들게 된다. 가령 시간과 장소의 물리적 제약으로 인해 애인을 만나러 갈 수 없을 때, '나'는 차라리 그 모두를 초월한 귀신이기를 바라거나(「모든 것들의 세계」) 마음속 깊이 자리한 진심을 오롯하게 전하고 싶지만 그 어떤 언어적 표현으로도 가당을 수 없을 때 내 안을 갈라 '마음'을 통째로 꺼내 쥐여주거나(「마음소라」) 세월이 아무리 흘러도 죽지도 변심하지도 않고 힘들 때 위로해주고 사랑해줄 요정(「페어리 코인」)의 존재를 상상한다. 이유리의 소설은 이러한 비인간의 차원과 인간 세계를 접속시키며 현실의 중력을 약간 비틀어둔다. 소설에 등장하는 귀신과 마음소라 그리고 요정은 인간의 대척점에서 타자화된 대상이 아니라 다만 인간 마음의 서로 다른 양태들이다. 그런 이유에서 상상이나 환상이라는 단어로 쉽게 치환될 수 없는 이 연장된 비인간의 세계는 현실의 중력을 얼마간 약화시킴으로써 삶을 계속해나갈 힘과 의지를 각성하게 한다. 이유리가 제시하는 세 가지 마음의 가능태를 통해 우리가 감각하는 것은 너무나 인간적이고 인간적인 마음, 바로 끝내 사랑을 멈추지 않는 마음이다.


### 형태 1. 게이 총각 귀신과 결혼한 길드장 여귀女鬼의 치유마법

「모든 것들의 세계」에 의하면 존재가 살아갈 수 있는 현실은 총 네 가지 종류다. 게임 속 이승과 그 바깥의 이승, 산 자들만이 보는 현실의 이승 그리고 소멸함으로써 접속하게 되는 저승. 한 존재가 이동할 수 있는 차원이 네 개였듯 그 존재가 실존할 수 있는 조건 또한 정확히 네 가지다 : 사랑, 이별, 기억, 망각. 이승에서 우리는 사람과 사람 아닌 것들을 나름대로 사랑하고 자의 혹은 타의에 의해 그들과 멀어진다. 그러나 함께한 순간들을 잊지 않고 그리워하고 반추한다면 서로는 아직 완전히 이별하지 않은 상태가 된다. 존재가 정말로 사라지는 때는 더는 기억 속에 그의 자리가 없는 경우, 망각이 존재의 자리를 추방할 때다. 그러니 이 세계에서 생물학적 죽음은 진짜 죽음이 아니다. '나'를 구성하던 타자들이 더는 '나'를 소환하지 않을 때 존재는 비로소 사멸한다. 이곳에서 귀신은 원한이나 그 앙갚음을 욕망하는, 그래서 세계의 평온을 위해 마땅히 사라져야 할 존재가 아니라 정반대로 어떤 외력에 의해 소멸하지 않(못하)고 있는 마음의 '살아 있는' 모양이다. 그 외력은 바로 기억이다. '나'(고양미)가 소멸하지 않는 이유는 게임 커뮤니티의 자유수다 게시판에서 '귀여운고양이'님을 찾고 그의 업적과 그에게서 받은 도움을 회자하는 유저들 때문이다. 천주안을 산 자들의 삶 속에 데려다 두는 힘은 그가 아파트 아래로 떨어지기 전까지 열렬히 사랑하던 남자친구가 그를 잊지 못하고 술에 진탕 취해 있는 여전한 날들 때문이다.

고양미와 천주안이 만나게 되는 건 그들의 부모가 멋대로 올린 영혼 결혼식 탓이다. 길드원 50명을 진두지휘하던 게임 중독자 여성과 "190센티미터에 팔 근육이 [자기] 머리통보다 더 큰 남자"(27쪽)를 애인으로 둔 게이는 부모들의 극성맞은 강제적 이성애에 졸지에 부부가 되는데, 아이러니하게도 그들의 결속은 역설적인 진보를 가져온다. (부모들이 보기에) 파트너 없이 평생 외롭게 살다 간 딸과 아들이 죽어서는 고독하지 않기를 진심으로 염원하는 부모들은 저승명부상으로 혼인신고를 올려준다. 성애적 욕망에 기초한 결합이 아니라 외롭지 않을 권리의 실현이라는 점, 그리고 둘의 결속에 효력을 부여하는 중요한 장치가 서류라는 점에서 그들의 부부됨은 시민결합PACS을 떠올리게 한다. 전혀 의도하지 않은 이 긍정적인 효과에도 불구하고, 우리는 산 자들이 귀신의 한을 풀어주려 다하는 그 해원解冤의 정성이 실은 죽은 자의 것이 아니라 다만 산 자들의 욕망의 투사일 뿐인지도 모른다는 의혹을 지울 수 없다.

아무튼, 이들 '부부'는 죽기 직전까지 자기 자신으로 살기를 놓지 않았지만 산 자들이 더는 자신을 기억하지 않게 될 순간이 도래할지도 모른다는 두려움에 떨고 있다. 오히려 귀신이 산 자를 무서워하는 셈이다. "꼭 즐겁고 행복한 기억으로가 아니어도 좋으니, 내 세계는 끝나 없어지더라도 다른 누군가의 세계 어느 한 구석에는 끝내 남아 있고 싶었다."(30쪽) 망각은 존재의 시작과 끝 모두를 지우고 마치 처음부터 그가 없었던 것처럼 만든다. 누군가를 잃고 난 후의 상실과 부재는 역설적으로 실존의 또 다른 양태이지 '없음' 그 자체는 아닌 것이다. 기억하는 한 떠난 이는 '없음'의 자리에서

실재할 수 있다.

　　고양미가 "디버프에 걸린 저 불행한 귀신"(31쪽) 천주안을 구해주기로 작정한 것은 순전히 "생전의 [그녀]가 게임 중독이었던 탓"(32쪽)이다. 게임은 단지 허구의 가상공간이 아니라 사람이 죽고 귀신이 되는 세계와 나란히 공존하는 또 하나의 대등한 현실이다. 그 공간을 구성하는 유저들이 실제로 존재하는 사람들이기 때문이고 플레이를 통해 유저들의 사회적 정체성이 해체되거나 재구성되기 때문이다. "팀원 뒤에 달라붙어 체력을 끊임없이 채워주고 각종 저주와 디버프를 해제하는 일[이] 몬스터를 직접 때려잡는 것보다 훨씬 재밌고 뿌듯한 일"(31쪽)이라는 고양미의 이타심은 역시 게임 플레이를 통해 형성된 도덕심이다. 그녀가 주안에게 부리는 선한 오지랖의 출처 역시 동일하다. 도포 입은 공무원(저승차사)도 하지 못하는 넋의 디버프 해제, 다시 말해 주안이 자신의 죽음을 인정하고 사랑하는 사람으로부터 서서히 떠날 준비를 하도록 돕는다. 상실을 말하는 많은 이야기들이 그간 보내는 이의 마음, 멀어지는 이를 지켜보는 마음을 말해왔다면 「모든 것들의 세계」는 그 대척점에서 떠나는 이의 마음을 들여다본다.*

"적어도 그것이 그렇게까지 슬픈 일은 아니기를, 마지막에는 기어이 잊혔음을 기뻐하며 사라질 수 있게 되기를."(39쪽) 떠나는 이의 마음은 결국 보내는 이의 마음과 같음을, 세상을 등지는 이 역시 산 자들의 삶이 행복하기를 기원하며 자신의 삶으로부터 그들을 떠나 보내어주는 일임을 알게 된다.

양미가 주안을 애인의 집으로 무사히 인도하고 나서 세계에는 흰 눈이 내린다. 제임스 조이스의 단편소설 「망자The Dead」의 마지막 장면에서 내리던 눈처럼, 눈은 귀신과 인간을 구분하지 않고 모두의 머리 위로 조용히 내린다. 그리고 서버 종료일이 다가온다. 사람들에게서 자신이 완전히 잊혀지게 될 순간이 조금 더 가까워졌음을 겸허히 받아들이는 양미의 아름답고도 먹먹한 대목이다. 성큼 다가온 소멸 앞에서 두려울 텐

* 귀신이 등장하는 이유리의 다른 소설로는 「손톱 그림자」(『브로콜리 펀치』, 문학과지성사, 2021)가 있다. 죽은 용준은 자신의 죽음을 완전히 수용할 수 없어 구여친 '나'를 찾아오고, '나'와 곧 결혼할 석기까지 세 사람은 용준의 사고 현장으로 돌아가 용준이 죽음을 받아들일 수 있도록 돕는다. 죽은 구남친 귀신에게 김치찌개를 해 먹이는 장면이 압권이기도 한 이 작품은 어떤 존재가 삶에서 사라지는 상실 혹은 죽음은 그저 납득해야 할 강제적 사태가 아니라 마음의 이해, 다시 말해 해원解寃이 필요한 일이라고 말한다.

데도 불구하고 그녀는 산 자들을 진심으로 축원한다.

　　부디 더 재미있는 게임 찾으시기를 바랍니다.
찾으면 실컷 즐기시길, (……) 가끔씩은 일어나서 이쪽
저쪽 스트레칭도 하시고, 밥도 컴퓨터 앞에서만 먹지
말고 사랑하는 이들과 눈 맞추며 제대로 된 식사를 하
시길.(41쪽)

　　눈 녹는 소리를 들으며 평화롭게 이어지는 그녀
의 산책은 마치 장자의 소요逍遙와도 같다. 아내의 죽음
앞에서 춤을 추었다는 장자의 일화처럼, 이미 벌어진
이별이라는 사태를 오래도록 집착하여 남은 미래의 날
들을 망치지 않고 그 또한 다가오는 계절처럼 오롯하게
충실히 살아낼 것을 고양미는 산 자들을 향해 당부한
다. 이승과 저승, 삶과 게임이 공존하는 이 "모든 것들
의 세계"에서 이유리의 귀신은 존재의 상실을 받아들
이는 '이쪽'과 '저쪽'의 마음 모두를 안아 든다.

### 형태 2. 진심 함유량 100퍼센트 탈착 가능 장기organ, 마음소라

선한 오지랖의 빛은 그다음 소설에서도 계속된
다. 다만 고양미가 발휘한 오지랖이 세계의 진실을 알려
주는 일이었던 반면, 「마음소라」의 양고미가 발휘하는
오지랖은 거짓말이라는 점에서 조금 다르다. 양고미가
안도일의 아내 천양희에게 도일의 진심 대신 "잘 해결
하고 화해했으면 좋겠다고 생각하고 있어요. 자기가 너
무 심하게 굴었다고 후회하고 있네요."(77쪽)라는 거짓말
을 전한 것은 물론 부부 관계의 봉합이라는 결과만을 위
해서는 '좋은' 선택일 수 있다. 고미의 거짓말은 싸움 후
밤중에 집을 나온 만삭의 양희를 예상되는 모종의 위험
들로부터 구해내지만, 그렇다고 해서 집으로 돌아간 후
그녀가 남편과 갈등 이후의 진심 어린 이해에 도달할 수
있을지에 관해서는 쉽게 낙관하기 어렵다.

양고미가 천양희에게 거짓말을 할 수 있었던 것
은 오직 그녀만이 진실을 알 수 있기 때문이다. 이 "모
든 것들의 세계"에서 고미만이 유일하게 도일의 진심
을 들을 수 있게 된 사연은 고미의 현재로부터 꽤 거슬

러 올라가야 한다. 소설은 고미와 도일의 과거 대학 시절의 연애 이야기와 그로부터 11년이 지난 후 각자의 결혼생활이 펼쳐지는 현재의 두 부분으로 나뉜다. 그리고 '마음소라'가 그 두 시절, 분할된 과거와 현재를 이어준다. 마음소라는 2차 성징이 시작되는 사춘기 즈음 인간 개체의 몸 안에서 생성되며, 자신의 마음소라를 보고 일부 청소년들은 수치심을 느끼기도 한다. 소설의 설명으로 짐작건대 마음소라는 구체적인 색과 모양의 물성을 띠는 신체 기관으로 인간의 섹슈얼리티가 응집된 살아 있는 물체, 마치 별주부전의 토끼 간처럼 신체 외부로 출반입이 가능한 장기의 일종이다. 소라 모양의 이 아름다운 장기는 두 명의 인간을 우주에서 오직 한 번만 성립될 수 있는 유일한 관계로 연루시킨다. 가령 누군가가 자신의 마음소라를 다른 누구에게 준다면, 그리고 그 다른 누군가가 그를 받아준다면 수취인은 마음소라를 통해 증여자의 진심을 숨김없이 들을 수 있게 된다. 마음소라가 발휘하는 신기한 기능의 근원은 욕망에 기초한 자발적 증여다. (도난당한 마음소라는 아무 말도 들려주지 못한다.) 일단 한번 받은 마음소라는 타인에게 양도가 불가능하다. 그러므로 고미가 도일의 마음소라를 받은 것은 도일의 (제 자신도 속일 수 없는) '진심'에 대하여 누구에게도 이양할 수 없는 배타적 소유권을 갖겠다는 데에 동의하는 일이었던 것이다.

그러나 이를 건네준 도일도, 받은 고미도 그것을 주거나 받는 일이 도대체 어떤 의미인지, 어떤 일을 발생시키고, 어떤 일에까지 그들을 연루시킬 수 있는지까지는 상상하지 못했던 것 같다. 그건 젊은 날의 그들이 멍청하거나 성급했기 때문이 아니다. 그들이 보는 세계는 오직 진심으로만 이루어져 있어서 사랑을 준다는 것은 곧 마음의 전부를 주는 것과 한치도 다름없는 일이었을 테다. 지금 이 글을 읽고 있는 독자들은 연애, 사랑, 결혼, 마음, 진심……과 같은 단어가 어떻게 다르고 그 차이가 현실의 어떠한 층위와 맥락에 걸쳐서 생겨나는지도 아마 알 테지만, 스물한 살의 도일과 고미에게는 저 다섯 단어가 모두 하나의 실에 꿰어진 서로 다른 동의어였던 것 같다. 문제는, 그것이 '진심'이라고 해서 모두 다 옳거나 상대를 다치게 하지 않는 무해한 마음인 것은 아니라는 점이다. 고미는 "바로 그것이 나를, 그리고 도일을 망쳐놓았다"(53쪽)고 서늘하게 고백한다.

관계의 재앙은 두 사람이 믿었던 사랑의 모양이 완전히 달랐기 때문에 발생한다. "그 으쓱한 기분, 붕붕* 뜨는 느낌을 사랑이라고 섣불리 믿었다"(52쪽)는 양미는 "큰 사랑을 되갚을 걱정 없이 받는 것이 얼마나 즐거운 지, 누군가에게 없어서는 안 될 존재임을 증명받는 일이 얼마나 나를 값어치 있게 만드는지"(53쪽)를 감각하는 일이 바로 사랑이라고 확신해 마지않고, 도일의 마음소 라가 고미에게 부여한 배타적 소유권은 고미의 오인을 더욱 강화시킨다. 고미에게 도일과의 사랑은 사랑 '받는' 감각의 극대화인 반면, 도일에게 있어 고미와 사랑하는 일은 자신의 거의 모든 것을 버리고 고미가 원하는 대 로 자신을 구성하는 요소들을 재배치하는 일이다. 그는

---

* '붕붕'은 양고미의 나르시시트적인 사랑의 양태를 지시하는 의태어다. 양고미가 원하던 '사랑'의 세목들은 '붕붕'과 유사한 단어를 제목으로 삼는 이유리의 다른 소설 「둥둥」(『브로콜리 펀치』)에서 적나라하게 그려진다. 「페어리 코인」에도 잠깐 등장하는 아이돌 목형규를 향한 '나'의 사랑은 철저히 자기 파괴적인데, 아파트를 팔고 대마초 머핀까지 운반하는 '나'의 이 '사랑'을 두고 외계인은 "백 퍼센트 순수하게 상대를 향한 이타심만으로 시작하고 끝나는 죽음"(64쪽)을 발견했다고 말한다. 그러나 이 '이타심'은 주체가 자신의 주체성을 점점 상실한다는 점에서 사실상 이타심으로 성립될 수 없는 함정을 갖는다. 게다가 이타심의 발현은 상대의 행복과 안녕으로 이어져야 하지만 「둥둥」에서 그려지는 목형규의 삶이 더 '좋은' 것을 향해 가고 있다고 말하기도 어렵다. 양고미와 안도일 그리고 「둥둥」의 '나'와 목형규가 지향하는 '사랑'의 모습을 비교해가며 읽어본다면 독서의 즐거움이 배가될 것이다.

고미의 인형이 되어 그녀의 취향대로만 옷을 입고, 고미의 상식적이지 않은 요구와 그 요구가 조금이라도 좌절됐을 때 가해지는 분노, 협박을 모두 받아들인다. 자신을 갉아 먹으면서까지 상대의 모든 요청을 받아들이는 무력의 내면화, 사랑을 빙자한 감정적·물질적 착취의 정당화를 두고 도일은 그것이 고미에게 사랑을 '주는' 일이라고 착각한다. 그들은 마치 꼭 들어맞는 (그러나 이미 각각 고장 난) 자물쇠와 열쇠처럼 무려 7년을 연애하지만 사랑 아닌 것을 주고받는 관계의 파국은 예정된 일일 수밖에 없다.

　　7년의 연애가 그렇게 자신과 도일을 망가뜨렸다고 술회하는 현재의 고미가 과연 그로 인해 어디가 어떻게 망가졌는지 독자들은 알 수 없으나 서사의 두 번째 부분, 아내 천양희가 등장하는 장면에서 우리는 망가진 도일을 충분히 목격할 수 있다. 도일의 마음소라에서는 만삭의 아내가 다툼 후 집을 나갔는데도 그녀를 걱정하기는커녕 주유 할인 카드가 없어서 할인받을 수 없음을 개탄하며 아내를 험담하는 목소리만 흘러나온다. 악기 다루는 남자가 멋있다고 지나가듯 한 말에 카드 할부로 피아노를 구입해 밤새 연습할 만큼 과잉적으로 타인 지향적이었던 도일은 정작 마땅히 쏟아야 할 관심, 도의적인 수준에도 미치지 못하는 무관심으로 아내를 대한다. 단지 연애와 결혼의 차이로 일축할 수 있는 변화가 아니라 인격 자체의 변화처럼 보인다. 물론, 도일의 성정에 무심하고 냉정한 면이 있을 수 있다. 그러나 인간은 누구와 관계 맺느냐에 따라 특정한 인격적 특성이 더욱 부각되거나 발달되기도 한다. 연애와 사랑의 이름으로 행해지는 폭력적 관계는 두 당사자 모두를 병들게 함을 고미는 뒤늦게 깨닫지만 마음의 변형은 되돌릴 수 없다. 마음의 손상을 딛고 다시 일어서기, 누군가에게 전해줄 진심 어린 사랑을 다시 만들어가는 것은 그 누구도 아닌 도일 자신의 몫이지만 마음소라를 상실한 인간의 전과 후는 같기 어렵다. 도일이 고미와 보낸 7년은 누군가에게 '마음'(소라)을 내어준 인간이 받을 수 있는 가장 큰 실패와 절망의 시간이 된다.

「마음소라」는 누군가의 진심을 간절히 알고 싶어 하지만 영영 모를 수도 있는 사람, 원하지 않았지만 통째로 진심을 손에 넣게 되는 바람에 방탕하게 그 마음을 탕진한 사람 그리고 타인에게 진심을 내어주고 자신의 마음의 일부를 영구 훼손당하고 만 사람의 이야기다. 마음을 내어놓는 일은 현재와 미래의 삶 전체에 걸친 변화의 리스크를 감수하는 용기 없이는 불가능하다. 진심을 전하는 일이 언제나 좋은 결과를 담보하지는 않기 때문이다. 고미가 양희에게 도일의 진심을 말해주지 않은 것은 더는 도일의 진심과 연루되지 않겠다는 단호한 표명이기도 하지만 동시에 진심이 언제나 좋음을 보장하지 않는다는 것을 알기 때문이다.

### 형태 3. 그래도 끝까지 믿을 것, 페어리 코인

고미는 도일의 마음을 "아무 담보도 조건도 없이 마음대로 사용했"(63쪽)다고 후회하지만 사람의 마음은 그 어떤 담보나 조건하에서도 착취해선 안 된다. 아니, 애초에 마음에 관하여 담보물을 설정해서는 안 되는 것이다. 그건 인간의 장기 하나를 멋대로 적출해버리는 일과 크게 다르지 않다. 자신의 절대적 선의와 호의가 착취로 돌아올 때, 이용당한 마음은 슬픔으로 움츠러들고 각인된 두려움으로 인해 방어적인 공격성으로 무장한다. 「페어리 코인」은 그 다친 마음의 소유자들이 자책과 슬픔 속에서 어떻게 보복심을 갖게 되는지 보여주지만, "무엇이 우리를 만만하게 보이게 만들었을까."(88쪽) (복수하는 서사가 대개 그러하듯) 그들의 예정된 실패는 그들이 복수심과 맞바꾼 선의에 의해 기어코 닥쳐 오고 만다.

  사람을 믿는 마음은 거래의 낮은 리스크를 담보하고, 불신은 감당할 리스크를 줄여준다. 나에게 당도하는 타인의 말들이 갖는 진리치를 죄다 의심해야 내 마음을 지킬 수 있는 상황은 인간의 위기다. 그런데 이 모든 흐름을 깔끔하게 무시할 수 있는 절대적인 비인간 존재가 있다. '나'의 집안 대대로 전해져 내려오는 요정이다. 요정은 인간이 평생 해결해야 할 의식주의 문제를 갖고 있지 않기 때문에 존재하기 위해 치러야 할 비용이 없고 노화를 겪지 않는 불사신이다. 인간이 처한 경제적·심리적 상호의존적 조건으로부터 자유롭고, 그런 이유에서 이 소설집에 등장하는 존재 중 가장 비인간적인 존재다. 그러나 역설적으로 요정은 이 비인간성으로 인해 인간에게 가장 필요한 마음의 돌봄을 무한정으로 제공할 수 있다. (「마음소라」의 고미는 도일이 요정이 되길 바랐던 셈이다.)

반려 난이도 최하를 자랑하는 요정은 집안 식구들 모두의 슬픔과 행복을 보살핀다.

수능을 망치고 방에 틀어박혔을 때, 첫사랑에게 지독하게 차였을 때 부드러운 날개로 내 얼굴을 부벼주던 요정, 엄마의 기나긴 항암치료를 함께 버텨주고 돌아가신 뒤에는 유골함 위에 엎드려 눈물을 흘려준 요정.(93쪽)

고조모는 영원한 삶의 동반자로서의 요정을 절대 돈으로 바꾸지 말 것을 당부했지만 '깡통전세' 사기를 당한 우진과 '나'는 현철과 함께 패배감에 복수를 결심하고 요정을 이용해 스캠코인scamcoin*을 만들어 보복하기로 한다. 문제는 이 '보복'이 가해 당사자 지성렬에 국한되지 않고 사회 전반을 향한다는 것이다. 정부, 청와대, 로펌 변호사들 그리고 오히려 피해자인 그들

* 스캠코인은 애시당초 실현 불가능한 프로젝트의 기획안으로 투자자들을 유혹한 후 코인을 발행하고 사게끔 유도하는 사기scam 코인을 말한다. 코인 자체가 유효하지 않은 것이거나 혹은 거래소에 상장되더라도 상장 직후 코인을 모두 매각하고 잠적하거나, 프로젝트 기획대로 개발을 실행한다고 발표하더라도 그 개발의 결과는 (처음부터 성공할 수 없는 것이므로) 실패했다고 둘러대며 투자금을 빼돌린다.

을 탓하는 "왜 바보같이 즉시 전입신고를 하지 않았느
냐고 되려 타박하던"(105쪽) 주변 사람들까지 모두 보복
의 대상이 된다. 그러나 이 요정 사기극, "페어리 코인"
은 그들이 저지른 공조에 대한 처벌로 작용하지 못하
고 단지 '나'와 우진 역시 새로운 가해자로 태어나게 할
뿐이다. 불의에 대한 응징은 그 부정의를 막아서고 더
는 발생하지 않게 하는 유형력이어야 하지만 요정 사기
극은 또 다른 형태의 불의를 새롭게 만드는 일이기 때
문이다. "바꿀 수 없다면 우리도 똑같아지면 돼. 이왕
나쁜 놈이 될 거면 확실히, 제대로 나쁜 놈 한번 돼보
자."(114쪽)

　　세 사람이 추진하는 페어리 코인은 요정을 반
려 존재가 아닌 '애완동물'로 분양하는 사업이다. 배반
당한 신뢰의 자리에서 요정과 인간의 마음은 모두 물
화되어 거래 대상으로 전락한다. 스캠코인은 사람들의
마음, 기대 심리를 착취하는 시스템이다. 결혼 자금, 노
후 자금뿐만 아니라 대출까지 끌어모아 코인을 매수하
는 이들은 가상화폐가 결코 자신을 배신하지 않으리라
는 믿음(객관적 판단이 아니라 기원에 가까운), '나'와 우진이
주택을 매매할 때 매도자에게 가졌던 신뢰보다 훨씬 더

절박한 믿음을 투자한다. 그러나 배신의 경험은 쉽게 사라지지 않는다. '나'와 우진은 사업의 기획과 실행을 모두 도맡은 현철에게 자신들을 그토록 물심양면으로 도와줄 이유가 없다는 사실을 문득 깨닫는다. 코인으로 벌어들인 수익을 자기가 몽땅 챙기려는 속셈을 제외하고서 말이다. 그들은 인간의 선의, 자신에게 이익이 되지 않더라도 타인을 도우려는 인간의 이타심의 주가가 바닥을 쳤음을 뒤늦게 떠올린다. 그들의 사업이야말로 그 '바닥'에서 시작하지 않았던가. 게다가 이미 현철에게 뒤통수를 맞은 경험이 있는 우진의 이야기는 그들에게 날아든 첫 번째 경고다. 페어리 코인은 집주인의 딸이 주택 융자를 모두 갚아줌으로써 상장되기도 전에 돌이킬 수 없는 바닥을 찍는다. "어떻게 이런 짓을 하고 발 뻗고 자겠어요."(124쪽) 일을 바로잡고 사과를 전해오는 그녀 앞에서 '나'와 우진은 망연자실에 빠진다. 이 대목은 서사의 흐름을 급격히 반전시키는 동시에 인간을 불신하기로 작심한 그들의 페어리 코인이 어떤 담보와 조건에 기대지 않은 인간의 도덕심에 의해 무너지는 장면이다. 오프닝 행사 직전에 날아온 두 개의 경고 앞에서 그들은 불안에 떤다. 소설은 그들이 저지른 일을 만회할 수 있는 최후의 시간이 아직 남아 있음을 서늘하게 알려준다. '나'의 품에서 날개를 파들거리는 요정은 '나'와 우진이 최후까지 놓지 말아야 하는 믿음이 사람의 마음을 화폐 가치로 환전하는 페어리 코인이 아니라, 바로 인간에 대한 신뢰와 선한 마음이라는 부정할 수 없는 당위를 강력하게 전해온다.

*

이유리는 세 가지 마음의 가능태, 귀신과 마음소라 그리고 요정을 통해 이 모든 난관에도 불구하고 끝까지 사랑하는 마음을 놓지 않아야 한다고 당부한다. 인간이 자행하는 각종 사기와 배신, 관계의 폭력 속에서 그 믿음을 지속하는 것은 물론 몹시 어려운 일이다. 인간 신체의 유한성과 마찬가지로 마음 역시 무한한 자원이 아니기 때문이다. 하지만 우리가 삶에서 누리는 좋은 것들은 모두 인간적인 마음으로부터 오지 않았던가. 총각 게이 귀신을 애인 옆으로 보내주는 치유마법도, 젊은 날 열렬히 사랑하던 상대에게 떼어 준 자신의 마음소라가 가출한 아내를 집으로 돌아오게 하고, 증발

한 전세금 4억을 되찾아준 것 모두 인간이 인간을 향하는 무조건적 선의에 의해서이지 않은가. 이유리의 비인간들은 인간계의 폭력으로부터 인간을 구해내고, 더 나은 삶을 꿈꾸게 한다. 이토록 이질적인 존재들이 공존하는 『모든 것들의 세계』에서 우리는 사랑할 용기를 획득한다. 그럼에도 불구하고 반드시 사랑할 것, 선한 마음을 놓지 말 것, 이는 이유리의 소설이 우리에게 몰래 전해주는 인생의 치트키cheat key다.

트리플 15

모든 것들의 세계
© 이유리, 2022

초판 1쇄 인쇄일 2022년 11월 1일
초판 1쇄 발행일 2022년 11월 15일

지은이 · 이유리

펴낸이 · 정은영
편집 · 정수향
마케팅 · 최금순 오세미 공태희
제작 · 홍동근
펴낸곳 · (주)자음과모음
출판등록 · 2001년 11월 28일
　　　　제2001-000259호
주소 · 경기도 파주시 회동길 325-20
전화 · 편집부 02) 324-2347
　　　경영지원부 02) 325-6047
팩스 · 편집부 02) 324-2348
　　　경영지원부 02) 2648-1311
이메일 · munhak@jamobook.com

ISBN　978-89-544-4857-4 (04810)
　　　　978-89-544-4632-7 (세트)